# Korsaren und Spione

## Eine Henry du Valle Roman

### Mirco Graetz

AF176148

Midshipman Henry du Valle stammt von der Insel Guernsey. Als er zum Geschwader bei den Kanalinseln versetzt wird, befindet er sich in seinem Heimatrevier und kann seine Ortskenntnisse im Kampf gegen die Korsaren von Saint Malo und die französische Marine sehr gut gebrauchen. Immer wieder wird sein Mut auch bei Geheimdienstoperationen an der französischen Küste gefordert und auch hier weiß er, sich zu bewähren. Ein Seeabenteuer aus der Zeit der französischen Revolutionskriege.

Mirco Graetz

# Korsaren und Spione

Ein Henry du Valle Roman

Bibliografische Information der Deutschen
Nationalbibliothek:
Die Deutsche Nationalbibliothek verzeichnet diese
Publikation in der Deutschen Nationalbibliografie;
detaillierte bibliografische Daten sind im Internet über
http://dnb.dnb.de abrufbar.

© 2020 Mirco Graetz

Herstellung und Verlag: BoD – Books on Demand,
Norderstedt

ISBN: **9783752626957**

# 1

Seiner Majestät Kutter[1] Marten zerrte ungeduldig an seiner Festmachertonne gegenüber Sally Port. Mindestens ebenso ungeduldig drehte sein Kommandant Leutnant Moore seine Runden auf dem Achterdeck. In etwas mehr als einer Stunde würde die Tide kippen und dann müsste Marten gegen die Flut aus dem Solent kreuzen. Noch immer tat sich nichts an den Stufen unterhalb des Tores, wo Leutnant Moores Gig schon eine halbe Stunde auf die Depeschen der Admiralität für das Kanalinselgeschwader wartete. Gerade wollte Leutnant Moore wutentbrannt unter Deck gehen, um endlich sein bereits mehrfach verschobenes Essen einzunehmen, als Quartermaster Brown meldete: »Sir, dort drüben tut sich etwas.«

Tatsächlich traten zwei Marineoffiziere durch das Tor, gefolgt von einem Gepäckträger mit einer kleinen Handkarre, auf der sich eine Seekiste befand. Im ranghöheren der beiden Offiziere erkannte Leutnant Moore den ehrenwerten Mr. Trollope, Flaggleutnant beim Hafenadmiral von Portsmouth, Sir Peter Parker, und seines Zeichens Erbe eines alten Adelstitels und ausgedehnter Ländereien in Hampshire. Vor allem war er aber ein hochnäsiger Laffe, wie Leutnant Moore befand.

Moore und Trollope hatten gemeinsam auf der Bellerophon gedient, während sie am Glorreichen 1. Juni[2]

---

[1] einmastiges Kriegsschiff
[2] Seeschlacht zwischen der französischen Marine und der Royal Navy unter Admiral Earl Howe. Die Briten erzielten einen klaren Sieg, doch der von der französischen Flotte gedeckte Konvoi erreichte Frankreich

als Flaggschiff von Konteradmiral Pasleys fliegenden Geschwader diente. Damals war bei Moore eine tiefe Abneigung gegen Trollope entstanden, der alles verkörperte, was Moore bei einem Offizier verabscheute: Brutalität, Inkompetenz und Standesdünkel. Aber sie hatten gemeinsam im unteren Batteriedeck gekämpft, während ihr Admiral auf dem Achterdeck sein Bein verlor. Der Kampf gegen die Franzosen und die Angst zu versagen, hatte trotzdem eine gewisse Verbindung zwischen beiden geschaffen. Trollope betrachtete Moore als seinen Kriegskameraden. Viele Freunde hatte er ja auf der Bellerophon nicht gefunden und bald nach der Schlacht hatte ihm sein Vater den Druckposten in Portsmouth verschafft. Für die Trollopes war es viel zu riskant, den Titelerben in einem echten Krieg auf See zu wissen und an Bord weinte man ihm keine Träne nach. Moore erinnerte sich noch gut daran, dass Trollope nur in Gesellschaft eines erfahrenen Steuermannsmaats Wache gehen konnte, dafür aber mehr Bestrafungen forderte als alle anderen Offiziere an Bord zusammen.

Inzwischen war die Gig vom Ufer abgestoßen und erreichte den Kutter nach wenigen Ruderschlägen. Der Buggast hakte in den Rüsten ein und Leutnant Trollope hievte seinen rundlichen Körper ächzend an Bord. Nachdem er zum Achterdeck gegrüßt hatte, trat er strahlend auf Leutnant Moore zu.

»Schön dich zu sehen, Edward, oder Captain Moore, wie es jetzt ja richtigerweise heißen muss. Du hast ein schönes Kommando bekommen. Gott, wie ich dich beneide.«

Leutnant Moore rang sich ein Lächeln ab. »Willkommen an Bord, Richard. Wir haben uns ja schon lange nicht mehr gesehen.«

In diesem Moment schwang sich ein junger Mann in der Uniform eines Midshipmans an Bord und Moore schaute Trollope fragend an. »Wen bringst Du mir denn da?«

»Ach, das ist eine kleine Gefälligkeit für den Admiral. Er und sein Vater waren Bordkameraden und er bittet darum, ihn nach Guernsey mitzunehmen.«

»Midshipman Henry du Valle, zu Ihren Diensten, Sir«, stellte sich der junge Mann selbst vor, während er seinen Zylinder lüftete.

»Willkommen an Bord, Mr. du Valle, wir werden schon ein Plätzchen für sie finden.«

»Verbindlichsten Dank, Sir, es wäre mir sehr angenehm, nicht als Passagier betrachtet zu werden. Ich reihe mich sehr gern in die Abläufe hier an Bord ein, schließlich möchte ich niemandem zur Last fallen.«

»Nun, wir werden sehen. Und was bringst Du mir sonst noch, Richard?« wandte sich Leutnant Moore wieder an den Flaggleutnant.

Dieser deutete auf eine Dokumententasche, die er schräg über die Schulter trug und antwortete: »Für den offiziellen Teil gehen wir lieber unter Deck.«

Leutnant Moores Kammer, mehr war es auch für den Kommandanten der Marten nicht, war ein kleiner Verschlag. Auf der Backbordseite hing eine Schwingkoje, die am Tage auch als Sitzbank diente. Daneben stand ein länglicher Tisch mit zwei Stühlen auf der Steuerbordseite und einer kleinen Sitzbank am Heck. Mit viel gutem Willen konnten hier fünf Personen sitzen. Ein kleines Oberlicht, das sich nicht öffnen ließ, beleuchtete den Raum. Leutnant Trollope nahm Platz und öffnete die Tasche, aus der er mehrere geteerte Päckchen zog.

»Für den Befehlshaber des Kanal Insel Geschwaders, für den Militärgouverneur auf Guernsey, für den Militärgouverneur auf Jersey und hier sind die neuen Codebücher für die Schiffe des Geschwaders.«

Leutnant Moore quittierte den Empfang und schloss die Päckchen in einer Bleikassette ein, mit der man die Dokumente im Notfall über Bord werfen würde. Dann bot er Trollope noch einen Bordeaux an. Eigentlich saß er ja wie auf glühenden Kohlen, doch Höflichkeit und Marinetradition geboten dies. Leutnant Trollope akzeptierte dankend und schlürfte genießerisch den guten Tropfen, den Leutnant Moore einem Schmuggler abgenommen hatte. Dabei erging er sich in sentimentalen Erinnerungen an eine Zeit an Bord, die Leutnant Moore irgendwie anders erlebt hatte. Obwohl sie beide junge Leutnants waren, erweckte Trollope den Anschein eines altgedienten Veteranen. Tatsächlich würde er voraussichtlich nie wieder auf einem Kriegsschiff fahren und in absehbarer Zeit die Uniform der Royal Navy gegen die Robe eines Peers von England tauschen.

Endlich kam Trollope zum Ende und erhob sich von seinem Stuhl. Die niedrige Decke zwang ihn zu einer stark gebückten Haltung. »Da müssen wir unbedingt bald mal wiederholen, Edward«, sagte er.

»Das kann eine ganze Weile dauern«, entgegnete Leutnant Moore. »Wie Du weißt laufen wir normalerweise immer nur Plymouth an.«

Er geleitete seinen Gast an Deck, wo sie sich verabschiedeten. Dann wartete er ungeduldig auf die Rückkehr der Gig, die Trollope wieder an Land brachte. Sobald es soweit war, musste alles ganz schnell gehen. Noch während die Gig an Bord geholt wurde, ließ Leutnant Moore losmachen und den Klüver setzen. Marten machte seinem Namen alle Ehre. Sobald sich das Segel füllte machte er einen Sprung nach vorn, wie ein Marder auf der Jagd und nahm rasch Fahrt auf.

»Mr. Johnson, bitte lassen Sie das Großsegel setzen«, befahl Leutnant Moore.

»Aye, Captain«, bestätigte der Bootsmann.

Es kostete die gemeinsame Anstrengung der Besatzung, bis sich das gewaltige Segel entfaltete. Portsmouth lag bereits weit achteraus und Marten näherte sich der Isle of Wight. Henry du Valle stand neben Leutnant Moore und genoss offensichtlich das Tempo des Kutters.

»Ist das Ihre erste Fahrt auf einem Kutter Mr. du Valle?« fragte Leutnant Moore.

»Auf einem Kutter der Marine schon, Sir, aber zu Hause war ich öfter auf dem Kutter der Familie unterwegs. In Friedenszeiten brachten wir damit verderbliche Waren von Frankreich nach England.«

»Als Schmuggler? fragte Leutnant Moore verblüfft.

Du Valle lachte: »Nein, das war alles ganz legal, Sir, aber trotzdem immer noch ein sehr gutes Geschäft.«

Leutnant Moore warf einen prüfenden Blick in die Takelage und befahl dann: »Lassen Sie das Topsegel setzen, Mr. Johnson, wir wollen vor Einbruch der Dunkelheit im Kanal sein.«

Der Bootsmann gab die nötigen Befehle und sofort setzte wieder eine hektische Aktivität ein. Doch ein Fall war blockiert und die Rah, an der das Segel angeschlagen war, ließ sich nicht hissen. »Mr. Johnson, klarieren Sie das«, befahl Leutnant Moore und an du Valle gewandt: »Wollen Sie dem Bootsmann behilflich sein, Mr. du Valle?«

»Aye Sir.«

Henry du Valle enterte auf. Das geschah in einer Geschwindigkeit, die jedem Topgasten Ehre gemacht hätte. Keine fünf Minuten später gab der Bootsmann von oben ein Kommando und das Segel konnte gesetzt werden.

Nach dem Abentern meldete Mr. Johnson: »Ein Block hatte sich verklemmt, Sir. Wir werden ihn bei nächster Gelegenheit austauschen müssen.« »Und sonst?« fragte Leutnant Moore mit einem Blick auf du Valle, der sich in einiger Entfernung seinen Uniformrock wieder anzog. »Der kennt sich aus, Captain.«

»Mr. du Valle!«

»Sir?«

»Wollen Sie mir heute zum Dinner Gesellschaft leisten?«

## 2

Kaum hatte seiner Majestät Kutter Marten den Schutz der Isle of Wight verlassen, nahm der Seegang deutlich zu und der Wind bekam eine eher südwestliche Komponente was Leutnant Moores Plan, Kap Le Hague direkt anzusteuern, zunichtemachte. Statt einer bequemen Überfahrt zu den Kanalinseln war jetzt selbst mit einem Kutter, der sehr hart an den Wind gehen konnte, kreuzen angesagt. Leutnant Moore focht das nicht weiter an, denn so lernte er sein Segelrevier für die kommenden Monate oder gar Jahre gründlich kennen.

Erst vor wenigen Wochen hatte er Marten in Chatham übernommen, wo das ehemalige Schmugglerfahrzeug für die Royal Navy umgerüstet worden war. Aufgrund seiner Herkunft hatte es schärfere Linien als die vielen direkt für die Navy gebauten Kutter, war aber auch leichter bewaffnet, als sonst üblich. Gerade einmal acht Dreipfünder bildeten die Artillerie der Marten, unterstützt durch ein halbes Dutzend Drehbassen, die bei Bedarf auf der Reling montiert werden konnten. Für einen Offizier, der großen Wert auf eine schlagkräftige Artillerie legte, war das äußerst bekümmernd. Den Nachteil an Kampfkraft machten jedoch die hervorragenden Segeleigenschaften Martens wett. Nach Leutnant Moores Überzeugung gab es in der gesamten Flotte kein anderes Fahrzeug, das Marten an Geschwindigkeit und Wendigkeit überlegen gewesen wäre und auf der anderen Seite des Kanals ohnehin nicht.

Die hohe Geschwindigkeit der Marten bestimmte auch ihre Aufgaben in den ersten Wochen im Dienst der Royal

Navy. Der Kutter beförderte Depeschen zwischen der Nore[3] und dem Nordseegeschwader, das die Küste der Batavischen Republik, wie die Niederlande seit kurzem hießen, blockierte. Dann kam die Verlegung nach Portsmouth und nun war der Kutter dem kleinen Geschwader, das bei den Kanalinseln operierte, zugeordnet.

Zum Dinner in der Kammer des Kommandanten, von seinem Steward Hanson großspurig Kajüte genannt, versammelte sich neben Leutnant Moore und seinem Gast das gesamte Offizierskorps der Marten, während der Bootsmann in der Zwischenzeit die Wache übernahm. Die Bezeichnung Offizierskorps war jedoch ebenso großspurig wie die Bezeichnung der Kommandantenkammer als Kajüte, denn genau genommen war Leutnant Moore der einzige bestallte Offizier an Bord. Der Master, Mr. Hicks und der Zahlmeister, Mr. Patton waren lediglich Deckoffiziere mit Warrants vom Navy beziehungsweise Viktualien Board und der Master´s Mate[4] Mr. Gratham wurde nur aus Höflichkeit als Wachoffizier betrachtet.

Leutnant Moore, der von Zuhause aus mit einem gewissen Vermögen ausgestattet war, erwies sich als ausgezeichneter Gastgeber. Er ließ den alten Navy Grundsatz, dass man nur sprach, wenn man vom Captain dazu aufgefordert wurde, an seinem Tisch nicht gelten. Wenn er sich Gäste einlud, war er für die Dauer des Dinners nicht mehr der Kommandant, sondern Gentleman unter Gentlemen. Das

---

[3] Reede und Sandbank im Bereich der Themsemündung
[4] Steuermannsmaat

war sicherlich ungewöhnlich, doch als Kommandant und somit Souverän an Bord seines Schiffes konnte er sich diese Marotte leisten. Seine Offiziere hatten sich in den zurückliegenden Wochen bereits daran gewöhnt und so entspann sich von Anfang an eine angeregte Unterhaltung, an der auch Henry du Valle nach kurzem Zögern teilnahm.

So kurz nach dem Auslaufen war das Essen natürlich ausgezeichnet, zumal Hanson, der in Ermangelung eines Kommandantenkochs das Essen zubereitete, einige Erfahrungen aus dem elterlichen Gasthof mitbrachte. Nachdem die Platten mit Steinbutt, Schweinebraten und einer Leberpastete abgeräumt waren und auch das Syllabub[5] zum Dessert genossen war, begann die Flasche mit dem Sherry zu kreisen.

»Nun, Mr. du Valle, welche günstigen Winde haben Sie denn an Bord unseres Marten geweht.«

»Ich bin auf der Heimreise, Sir, was Sie angesichts meines Namens möglicherweise bereits vermuteten. Mein erstes und vorerst auch letztes Bordkommando war die gute alte Prince Rupert.«

»Was denn, der alte Kasten ist noch immer nicht von den Holzwürmern aufgefressen worden?« rutschte es Leutnant Moore heraus. »Ich bitte um Vergebung, Mr. du Valle, ganz sicher ist es noch immer ein sehr respektables Schiff, auch wenn man denken möchte, dass es bereits in König Williams Invasionsflotte gedient haben könnte.«

---

[5] Traditionelles englisches Dessert aus Schlagsahne, Weißwein und Zitronensaft

»Oh, kein Problem, Sir«, lachte Henry du Valle. »Die Prince Rupert kann ihr Alter tatsächlich nicht verleugnen. Eigentlich sollte sie ja schon längst abgebrochen werden, doch angesichts des Krieges dachten sich die hohen Herren in der Admiralität, dass sie als Wachschiff in Newcastle immer noch gut genug ist. Allerdings war ihr Zustand so schlecht, dass die ersten Herbststürme selbst im geschützten Hafen ihr Ende bedeuteten. Man hat sie durch ein kleineres Schiff ersetzt, so dass der Admiral zunächst seine Protegés bedachte und den Rest von uns beurlaubte. Sir Peter[6] hatte in Portsmouth auch keine unmittelbare Verwendung für mich und hat mich erst einmal beurlaubt, was für mich keinen großen Unterschied zum aufreibenden Dienst auf der Prince Rupert macht.«

»Dann sollten wir auf die Prince Rupert trinken«, schlug Leutnant Moore vor. »Möge sie auf den neuen Meeren, die ihr Kiel nun durchpflügt, ebenso lang und sicher fahren.«

»Auf Prince Rupert«, stimmten alle ein.

Der nächste Morgen war warm und sonnig. Henry du Valle fühlte sich eher an einen Spätsommertag erinnert, als an Herbst. Trotzdem war die Luft klar und man hatte gute Sicht. Backbord voraus konnte man bereits die Halbinsel Cotentin erahnen. Er war sich sicher. Mit dem übernächsten Schlag würde man in die Straße von Alderney einlaufen können. Und dann war es nicht mehr weit bis Guernsey. Natürlich sehnte sich Henry du Valle nach der Heimatinsel, doch zugleich machte er sich

---

[6] Admiral Sir Peter Parker war damals Oberbefehlshaber der Royal Navy in Portsmouth. Bekannt wurde er als Förderer Lord Nelsons.

Sorgen. Sein Vater neigte zu sehr dazu, alle Wege für ihn zu ebnen. Deshalb hatte er auch diesen Druckposten in Newcastle, wohin sein Vater rege Handelsbeziehungen unterhielt. Nur ein Sohn an Land konnte dem Geschäft nützen. Dabei war Henry du Valle nur der Zweitgeborene. Sein Bruder Louis war längst in das väterliche Geschäft eingetreten. Ob er damit glücklich war? Henry du Valle konnte sich das kaum vorstellen. Ebenso wie er selbst liebte Louis das Meer und ließ keine Gelegenheit aus, auf einem ihrer Schiffe mitzufahren.

Sehnsüchtig ließ Henry du Valle den Blick über das Deck des Marten gleiten. Leutnant Moore war ein Glückpilz, in so jungen Jahren bereits solch ein Kommando inne zu haben. Mr. Johnson kam mit seinem Bootsmannsmaat an Deck. Beide unterhielten sich und blickten dabei immer wieder hinauf zum Topsegel. Henry du Valle trat hinzu und grüßte: »Guten Morgen, Mr. Johnson, wollen Sie den Block auswechseln?«

»Guten Morgen Mr. du Valle. Sie haben vollkommen Recht. Nach dem nächsten Schlag werden wir das erledigen.«

»Wenn ich Ihnen behilflich sein kann, es wäre nicht das erste Mal für mich.«

»Eine helfende Hand ist immer willkommen.«

Bis es soweit war, wurde es Mittag. Zu dritt enterten sie auf, um den defekten Block auszuwechseln. Leutnant Moore und Mr. Hicks standen auf dem Achterdeck und beobachteten den Vorgang.

»Der junge Herr bewegt sich dort oben, als ob er nie etwas anderes getan hätte, bemerkte der Master.

»Ja, Mr. Hicks, wäre er kein Offizier des Königs, würde ich in glatt in den Dienst der Navy pressen.«

# 3

Wegen der starken Gezeitenströmungen in der Straße von Alderney musste die Marten beigedreht warten, bis die Flut wieder anstieg. Kurz nach Sonnenaufgang war es dann soweit und der Kutter schoss durch eine weiß brodelnde Strömung südwärts. Für alle, die diese Meeresstraße zum ersten Mal passierten, war das ein äußerst eindrucksvolles Schauspiel. Dank der gleichzeitigen Unterstützung durch die Segel, passierte die Marten die Straße in weniger als einer halben Stunde. Dann beruhigte sich das Meer relativ schnell und der Marten steuerte nun Guernsey an, wozu nur eine geringfügige Kurskorrektur erforderlich war.

Leutnant Moore ging unter Deck, um sich ein ausgiebiges Frühstück zu gönnen. Schon auf dem Niedergang kam ihm der Duft von frisch aufgebrühtem Kaffee in die Nase. Wenn der Wind durchstand, müssten sie Guernsey in zirka zwei Stunden erreichen.

»An Deck! Land in Sicht!«

Der Ruf des Ausgucks ließ Leutnant Moore innehalten. Er schaute hinauf zur Saling. »Welche Richtung?« fragte er.

»Ungefähr ein bis zwei Strich Steuerbord voraus, Sir«, kam die Antwort von oben. »Es scheinen drei Inseln zu sein.«

Der Master, der bei der Ruderpinne stehend mitgehört hatte, begab sich zum Niedergang, wo Leutnant Moore noch immer stand.

»Es müssten von rechts nach links Guernsey, Herm und Sarc sein, Sir«, meldete Hicks dem Kommandanten.

»Danke, Mr. Hicks, bitte korrigieren Sie unseren Kurs um einen Strich nach Steuerbord. Soweit ich die Karte im Kopf habe, vermeiden wir so die Klippen und kleinen Inseln zwischen Herm und Guernsey.«

Damit wandte er sich wieder unter Deck, wo sein Kaffee und das Frühstück warteten. Hinter sich hörte er noch die Bestätigung des Masters.

Früher als erwartet, Leutnant Moore wollte soeben seine zweite Tasse Kaffee trinken, kam ein weiterer Ruf von Ausguck. Da sich das kleine Oberlicht seiner Kammer nicht öffnen ließ, konnte er jedoch nicht verstehen, was gemeldet wurde. Kurz darauf klopfte es an seiner Tür. »Herein.«

Der Master kam persönlich. »Der Ausguck meldet zwei unbekannte Segel, Sir.«

»Kann es sich schon um das Geschwader handeln, Mr. Hicks?« »Schwer zu sagen, Sir, wenn sie vor Guernsey auf Reede liegen, dürften wir sie erst sehen, wenn wir die Insel erreicht haben.« »Dann wollen wir auf Nummer Sicher gehen, Mr. Hicks. Lassen Sie klar Schiff zum Gefecht machen.«

Der Befehl kam nicht unerwartet, war es doch im Seekrieg eine Frage des Überlebens, das Erwartete nicht als gegeben hinzunehmen. So dauerte es nur wenige Minuten, bis Mr. Hicks den Kutter gefechtsbereit melden konnte. Mr. Hicks nahm seine Gefechtsstation neben der Ruderpinne ein,

Mr. Gratham befehligte die Kanonen und Mr. Patton wartete unter Deck in der Fähnrichsmesse auf Verwundete. Die Marten hatte keinen Arzt, ja nicht einmal einen Sanitätsmaat an Bord. Mr. Pattons Vater war ein Landarzt in der Nähe von Winchester und somit brachte er von Haus aus noch die besten medizinischen Kenntnisse mit. Zur Beruhigung der Besatzung hatte er sich bereiterklärt, im Notfall als Sanitäter zu fungieren, bis die vakante Stelle besetzt war. Allerdings hatte er noch niemals eine Amputation vornehmen müssen und dafür fehlte ihm, bis auf ein wenig angelesenes Wissen auch jegliche Erfahrung.

Henry du Valle war zwar nur Gast an Bord, doch als Alarm gegeben wurde, war er mit allen anderen Besatzungsmitgliedern an Deck geeilt. Hier hielt er sich neben dem Master auf, um sofort zur Stelle zu sein, falls der Kommandant einen Befehl für ihn haben sollte. Tatsächlich sollte das sofort der Fall sein.

Leutnant Moore sagte: »Mr. du Valle, wie ich sehe besitzen Sie ein ausgezeichnetes Glas. Würden Sie bitte aufentern und sich die gesichteten Segel etwas näher ansehen?«

»Aye, Sir.« Henry du Valle eilte nach oben. Der Ausguckposten machte ihm Platz, damit er sein Fernglas bequem ausrichten konnte. Tatsächlich, da waren sie, zwei kleine Schiffe.

»An Deck!« rief Henry du Valle. »Zwei Segel zwei Strich Steuerbord voraus, eine Schonerbrigg[7], wie es scheint und ein Lugger[8]. Sie gehen auf Abfangkurs.«

»Können Sie die Geschützluken sehen?« fragte Leutnant Moore von unten.

»Das ist auf diese Entfernung schwer zu erkennen, aber bei der Schonerbrigg sieht es nach zehn bis vierzehn Kanonen aus und der Lugger hat ein schweres Geschütz mittschiffs aufgestellt.«

Wenig später waren die beiden Schiffe auch vom Deck aus sichtbar. Ganz offensichtlich versuchten sie, Marten in die Zange zu nehmen. Die Schonerbrigg wollte sich dabei den Luvvorteil sichern, während der Lugger in Lee[9] stand. Noch hatte Leutnant Moore die Möglichkeit, eine Entscheidung zu treffen. Er ging zu dem kleinen Kartentisch neben dem Kompass und studierte die Seekarte. Scheinbar war der Lugger der schwächere Gegner, aber sein einzelnes Geschütz konnte ein schweres Kaliber sein. Außerdem konnte der Lugger anluven und ihn dann gemeinsam mit der Schonerbrigg auf die der Insel Herm vorgelagerten Klippen treiben. Blieb also nur ein Ausweichmanöver nach Westen.

---

[7] Zweimaster mit Rahen am vorderen Mast

[8] Meist dreimastiges Segelschiff mit speziellen Luggersegeln (Schratsegel)

[9] Luv – die dem Wind zugewandte Seite, Lee ist dem Wind abgewandt

»Mr. Hicks, wir wollen auf Kurs 270° gehen. Bereiten Sie alles dafür vor.«

»Aye Sir, alle Mann auf Station zum Segelmanöver.«

Die Bootsmannspfeifen gellten und alle dafür eingeteilten Männer nahmen ihre Stationen ein. Nach der Meldung durch den Bootsmann befahl Mr. Hicks, das Toppsegel zu bergen. Dann ging Marten auf den Steuerbordbug, die Gaffel des Großsegels schwang herum und der Kutter segelte nun hart am Wind.

Die Schonerbrigg reagierte sofort und setzte mehr Segel. Trotzdem würde der Kutter vor ihr nach Westen durchbrechen. Plötzlich war die Schonerbrigg in Rauch gehüllt und wenig später war eine stotternde Breitseite zu hören. Die Kugeln fielen deutlich vor Marten kraftlos ins Meer.

»Gut geschätzt, Mr. du Valle, die Schonerbrigg hat vierzehn Kanonen, Dreipfünder würde ich schätzen«, sagte Leutnant Moore.

»Werden wir das Feuer erwidern, Sir?« fragte Henry du Valle.

»Ja, Mr. du Valle, aber jetzt noch nicht. In ungefähr zehn Minuten werden wir den Kurs der Schonerbrigg kreuzen, dann wird es sich lohnen, ein paar Breitseiten abzugeben.«

Die beiden Schiffe kamen sich im fast rechten Winkel immer näher. Damit wurde es für den Franzosen immer schwieriger, die Marten anzuvisieren. Trotzdem gab er eine zweite Breitseite ab, die etwas besser, aber immer noch zu kurz lag. Die nächste Breitseite würde den Kutter erreichen. Doch ehe die Kanonen auf der Schonerbrigg wieder geladen waren, befand sich die Marten im toten Winkel der französischen Breitseite. Dafür konnten nun die englischen Kanoniere den Gegner auffassen.

»Mr. Gratham, Sie haben Feuererlaubnis. Ich möchte drei Breitseiten sehen, bis wir den Kurs des Franzosen gekreuzt haben«, befahl Leutnant Moore.

Auf das Kommando von Mr. Gratham entlud sich die erste Breitseite in einem lauten Knall. Der Rauch der Breitseite wehte nach Backbord[10] davon, so dass die Schonerbrigg zunächst hinter der Rauchwolke verschwand. Als sie wieder sichtbar wurde, waren die Klüversegel verschwunden. Dann war die Backbordbatterie wieder feuerbereit und gab die zweite Salve ab, die ebenso gleichmäßig abgefeuert wurde. Wieder waren keine Einschläge der Kugeln zu sehen, aber zumindest zwei Kugeln trafen den Rumpf der Schonerbrigg. Außerdem schien eine Kugel über das Deck gefegt zu sein, wenn man das Wuhling auf dem Franzosen richtig deutete. Die dritte Breitseite traf den Bug der Schonerbrigg, die inzwischen nach Backbord gedreht war, um die Verfolgung des Kutters aufzunehmen. Dann war die Schonerbrigg aus dem Schussfeld der Backbordbatterie verschwunden.

»Das war eine ordentliche Leistung, danke Mr. Gratham«, lobte Leutnant Moore.

---

[10] In Fahrtrichtung links

Dann wandte er sich wieder seinen Gegnern zu. Während die Schonerbrigg deutlich an Boden verlor, war der Lugger fast ebenso schnell wie die Marten.

»Ich glaube, wir haben die Situation im Griff«, meinte Leutnant Moore an den Master gewandt. »Allerdings versperren uns die Franzosen den Weg nach St. Peter Port. Wir werden also die Insel umrunden müssen.«

»Aye Sir«, stimmte der Master zu, »Das dürfte uns einen ganzen Tag kosten. Ich frage mich nur, wo unser Geschwader steckt.«

»Was meinen Sie, Mr. du Valle, wo könnten unsere Schiffe sein?« fragte Leutnant Moore.

»St. Peter Port ist zwar der Stützpunkt des Geschwaders, Sir, aber soweit ich aus Briefen meiner Familie weiß, halten sie sich nur dann hier auf, wenn sie Wasser und Proviant aufnehmen wollen. Ansonsten kreuzen sie vor der französischen Küste zwischen Saint Malo und Saint Brieuc, beides verdammte Korsarennester[11], Sir.« »Sehr gut«, sagte Leutnant Moore. »Dann werden wir zunächst Guernsey umrunden, um unsere Post abzugeben und von dort geht es dann weiter nach Jersey und zu unserem Geschwader.«

---

[11] Als Korsaren bezeichneten sich die mit einem Kaperbrief ausgestatteten französischen Freibeuter.

# 4

Seiner Majestät Kutter Marten rundete die Nordspitze von Guernsey, noch immer verfolgt von den beiden französischen Freibeutern. Entlang der Küste waren immer wieder Befestigungsanlagen zu sehen. Meist handelte es sich um einzelnstehende Türme, es gab aber auch mehrere Forts. An einigen der Befestigungsanlagen wurde offenbar gebaut. Die Insel rüstete sich also mal wieder gegen eine Invasion des feindlichen Nachbars vom Festland, so wie man es bereits im letzten Krieg getan hatte.

Der Wind wehte beständig aus Südwest, so dass der Kutter gut vorankam. Momentan verlor die Schonerbrigg immer weiter an Boden, doch bald würde sie bei achterlichem Wind wieder aufholen.

»An Deck, der Lugger dreht ab«, kam es vom Ausguck. Leutnant Moore rieb sich sein Kinn. Das tat er immer, wenn er intensiv nachdachte. Dann sagte er zum Master: »Der Lugger wird an der Ostküste entlang segeln. Sie wissen, dass wir nach St. Peter Port wollen und werden uns irgendwo in Empfang nehmen.«

»Sollten wir vielleicht nach Jersey ausweichen, Sir?« fragte Mr. Hicks.

»Nein, Mr. Hicks, dafür müssen wir ebenfalls die Südküste von Guernsey umrunden und genau dort unten im Süden erwarte ich den Lugger.«

Intensiv studierte Leutnant Moore die Karte. »Mr. du Valle, was ist das für ein Wasserlauf, der durch den Norden von Guernsey führt?« fragte er dann.

»Das ist La Braye du Valle, Sir«, antwortete Henry du Valle. »Der Kanal führt nur bei Flut Wasser, dann ist Le Clos du Valle eine Insel.«

»Und ist der Wasserlauf schiffbar?«

»Nein, Sir, selbst bei Springflut kommt man dort nicht durch. Höchsten ein kleines Ruderboot, aber selbst das scheitert am östlichen Ausgang, weil sich dort eine sehr niedrige Steinbrücke befindet.«

»Schade, dann bleibt uns nichts weiter übrig, als bei der Begegnung mit dem Lugger auf unseren Geschwindigkeitsvorteil zu setzen.«

Der Kutter flog förmlich an der Westküste Guernseys entlang, blieb dabei aber in respektvollem Abstand zu den der Küste vorgelagerten Klippen. Die Schonerbrigg folgte ihm wie ein Schatten und tatsächlich schien sie ein wenig Boden gutmachen zu können. Das focht Leutnant Moore nicht weiter an. Sollte alles nach Plan gehen, würde die Schonerbrigg ohnehin keine Rolle im anstehenden Gefecht spielen. Der Plan sah vor, den Lugger direkt anzugreifen und nach St. Peter Port durchzubrechen. Mit ein wenig Glück würde der Lugger nicht dazu kommen, sein einzelnes Geschütz einzusetzen.

Henry du Valle stand auf der Leeseite des Achterdecks und schaute sehnsuchtsvoll zum Land hinüber. Dort drüben lag Le Clos du Valle, seine Heimat. In diesem Teil der Insel kannte er jeden Stein. Eigentlich hatte er damit gerechnet, nun schon längst an Land zu sein, auf dem Weg nach Valle House. Stattdessen stand ihm bald ein Gefecht mit ungewissem Ausgang bevor. So vertraut ihm das Leben auf See von Kindesbeinen an war, der morgendliche Schusswechsel war seine erste Begegnung mit dem Krieg auf See gewesen. Auf seinem bisherigen Kommando hatte er den Hafen nie verlassen und war mehr an Land unterwegs, als jemals zuvor in seinem Leben.

Mr. Hicks trat zu ihm. »Was geht Ihnen durch den Kopf, Mr. du Valle?« fragte er.

»Ich frage mich, ob es heute tatsächlich noch zu einem Gefecht kommen wird, Mr. Hicks.«

»Oh, da bin ich mir ganz sicher. Wie Sie selbst wissen, ist der Weg um die Ostküste deutlich kürzer. Wenn also nichts Unvorhergesehenes geschieht, werden uns die Franzosen bei Pleinmont-Torteval erwarten oder vielleicht sogar schon bei der Insel Lihou.«

»Bei Lihou kenne ich mich gut aus«, sagte Henry du Valle. »Meine Mutter ist eine geborene Lihou.«

»Dort soll es eine alte Abtei geben.«

»Davon ist nicht mehr viel übrig. Sie wurde im Siebenjährigen Krieg zerstört, um freies Schussfeld für eine Küstenbatterie zu bekommen.«

Es wurde Zeit für das Dinner in der Offiziersmesse. Die Messegemeinschaft, die nur aus Mr. Hicks, Mr. Gratham und Mr. Patton bestand, hatte Henry du Valle für die Zeit der Überfahrt eingeladen. Der Kommandant speiste üblicherweise allein. Nur manchmal wurde er als Gast in die Offiziersmesse eingeladen oder lud seinerseits die Offiziere zu sich ein. Das Dinner verlief in entspannter Atmosphäre. Selbst Mr. Patton, der im Geiste immer wieder die Abfolge der Arbeitsschritte im Falle einer Amputation durchging, er war sich sicher, dass es noch heute dazu kommen würde, trug mit einer heiteren Erzählung über eine Fuchsjagd zur Unterhaltung bei. Man war gerade beim Portwein, als von oben ein Ruf zu hören war. »An Deck, drei Segel in Sicht.«

Sofort begaben sich alle an Deck, wo der Kommandant bereits den Ausguck anpreite:

»Kannst Du erkennen, Smithers, was das für Segel sein könnten?« »Ich bin mir nicht sicher, Sir, aber rein vom Gefühl her würde ich sagen, es sind drei Lugger.«

Leutnant Moore schaute Henry du Valle an. »Wären Sie so nett, Mr. du Valle?«

Henry du Valle enterte auf und schaute durch sein Fernglas in die von Smithers angegebene Richtung. Tatsächlich, noch halb im Dunst verborgen lagen dort drei Lugger beigedreht kurz hinter Lihou.

»An Deck, drei Lugger zirka fünf Meilen in Südwest zu West. Sie scheinen beigedreht zu haben.«

»Danke, Mr. du Valle, entern Sie ab.«

An Deck stand Leutnant Moore mit dem Master und Mr. Gratham am Kartentisch. Henry du Valle trat hinzu und zeigte dem Kommandanten auf der Karte die ungefähre Position der Lugger. »Damit ist uns der Weg nach Süden versperrt«, meinte dieser. »Aber so leicht werden wir nicht aufgeben. Es wird nur ein weitaus heißerer Tanz als erwartet.«

Zum zweiten Mal an diesem Tag wurde das Schiff gefechtsbereit gemacht. Angesichts der Übermacht und mit der Schonerbrigg im Nacken, die jedoch noch mehrere Meilen Rückstand hatte, war die Stimmung an Bord aber deutlich angespannter, als noch am Morgen.

Zwei der Lugger eröffneten das Feuer. Die Kugeln landeten ungefähr einhundert Meter vor der Marten im Meer. Trotzdem war Leutnant Moore beeindruckt.

»Das sind Vierundzwanzigpfünder«, stellte er fest. »Wenn sie einigermaßen treffsicher sind, können sie uns zum Wrack schießen, noch ehe wir mit unseren Erbsenschleudern auf Schussweite heran sind. Mr. Hicks, klar zum Segelmanöver. Wir wollen es ihnen ein wenig schwerer machen.«

Der Kutter näherte sich nun im Zickzackkurs den Luggern. Die Franzosen schossen erneut. Diesmal lagen die Schüsse deutlich besser. Ohne die abrupte Kursänderung wären beide Kugeln mittschiffs eingeschlagen. Durch sein Fernglas konnte Leutnant Moore nun erkennen, dass nur zwei der Lugger mit den schweren Kanonen bewaffnet waren. Der dritte Lugger trug sechs Kanonen in konventioneller Aufstellung an den Breitseiten. Er hatte sich bisher nicht beteiligt. Wahrscheinlich war die Entfernung für ihn noch zu groß.

Die Franzosen schossen zum dritten Mal. Eine Kugel ging wieder fehl, die andere durchschlug das Schanzkleid und stürzte die vorderste Steuerbordkanone um. Zwei laut schreiende Matrosen wurden unter Deck getragen, während Mr. Gratham mit einigen Helfern versuchte, die Kanone wiederaufzurichten. Inzwischen betrug der Abstand zwischen den Kontrahenten unter einer Meile und der dritte Franzose feuerte. Die meisten Schüsse lagen zu kurz, eine Kugel flog zwischen Mast und Klüvern hindurch, ohne Schaden anzurichten. Erneut feuerten die Lugger mit ihren schweren Kanonen. Dabei wurde der Außenklüver zerfetzt und im Großsegel erschien ein Loch. Mr. Gratham ließ melden, dass sich die Steuerbordkanone nicht aufrichten ließ, weil die Lafette zu stark beschädigt war. Leutnant Moore ließ nach Steuerbord drehen und das Feuer auf den am nächsten gelegenen Lugger eröffnen. Es handelte sich um den Lugger mit den drei Geschützpforten an jeder Breitseite.

Die erste Salve lag sehr gut. Offenbar waren mindestens zwei Kanonen getroffen worden und auch der vordere Mast hatte etwas abbekommen. Die Marten nahm Kurs auf den zweiten Lugger. Der feuerte fast gleichzeitig mit dem Kutter. Die Kugel schlug knapp über der Wasserlinie in den Bug ein. Wenig später kam die Meldung vom Zimmermann. »Sechs Fuß Wasser in der Bilge[12], Sir.« Leutnant Moore war klar, dass die Marten dem Beschuss durch die schweren Kanonen nicht auf Dauer standhalten konnte. Doch ein Durchbruch der feindlichen Linie erschien unmöglich. Die Franzosen hatten ihre Lugger

---

[12] Der unterste Raum im Schiff

sehr geschickt in Stellung gebracht und die Schonerbrigg würde ebenfalls bald in Schussweite heran sein.

Leutnant Moore hatte eigentlich nur noch die Option, den Kutter so schwer auflaufen zu lassen, dass er für die Franzosen unbrauchbar war und die Besatzung mit den Booten in die Sicherheit der Küstenbatterien zu bringen. Wieder krachte ein Schuss und riss die Finknetze[13] an Backbord weg. Viel hatte nicht gefehlt und Leutnant Moore hätte ihr im Weg gestanden.

Henry du Valle trat auf ihn zu und berührte grüßend seinen Hut. »Sir, ich kenne eine Passage zwischen der Insel und den Klippen«, sagte er und deutete dabei auf das jetzt achteraus liegende kleine Eiland Lihou. »Die Flut ist gleich auf dem Höchststand und dann käme dort sogar eine Fregatte[14] durch.«

»Zeigen Sie mir das auf der Karte, Mr. du Valle. Mr. Hicks, kommen sie bitte dazu?«

Henry du Valle zeigte auf der Karte das ihm bekannte Fahrwasser. »Man muss ziemlich genau zwischen der Insel und diesen Felsen hindurch. Jetzt bei Flut sind sie nur anhand der Brandung zu erkennen. Dahinter liegt dann wieder tieferes Wasser. Kurz hinter der Insel muss man fast genau um neunzig Grad nach Steuerbord abdrehen. Sobald wir die Halbinsel Pleinmont-Torteval erreicht haben, ist auf der Höhe des Forts Pezeries eine leichte

---

[13] Netze auf dem Schanzkleid des Achterdecks, die im Gefecht zum Schutz der Besatzung mit Hängematten gefüllt werden
[14] dreimastiges Kriegsschiff

Korrektur nach Steuerbord nötig, dann gleich wieder nach Backbord und man ist durch.«

»Gut, Mr. du Valle, Sie sind unser Lotse. Mr. Hicks, klar machen zur Wende.«

Die Wende des Kutters kam für die Franzosen vollkommen überraschend. Eine weitere Salve der Vierundzwanzigpfünder ging ins Leere und auch die Schonerbrigg, traf mit ihrer ersten Breitseite nur die Stelle, an der sich der Kutter soeben noch befunden hatte. Henry du Valle stand mit dem Master neben der Ruderpinne und gab dem Quartermaster[15], der die Pinne selbst übernommen hatte seine Befehle. Leutnant Moore stand etwas abseits. Für ihn fühlte es sich an wie eine Fahrt zwischen Scilla und Charybdis. Aber was hatte er schon zu verlieren? Vor wenigen Augenblicken hatte er noch daran gedacht, sein Schiff auflaufen zu lassen.

Die Franzosen versuchten, die Verfolgung aufzunehmen. Jetzt zeigte sich der Nachteil der Lugger gegenüber dem Kutter. Für sie war eine derartige Wende nicht so schnell möglich. Die Schonerbrigg musste nur auf den Backbordbug gehen. Sie folgte dem Kutter unmittelbar. Ihr Kommandant hatte jedoch Segel wegnehmen lassen. Er war kein Narr, der einem Feind blindlings folgte. Jetzt hatte die Marten Lihou passiert und drehte auf Backbord. Steuerbord voraus zeichneten sich auf der Halbinsel die Mauern von Fort Pezeries ab. Dort hatte man das Feuergefecht verfolgt und machte sich nun gefechtsbereit.

---

[15] Unteroffizier der als Quartiermeister und leitender Rudergänger dient

Eine dünne Rauchsäule stieg auf. Offenbar erhitzte man Kanonenkugeln, um sie zum Glühen zu bringen.

Die Stelle für die erste Kurskorrektur war erreicht.

»Ruder ein Strich Backbord«, befahl Henry du Valle.

»Aye Sir, liegt an.«

»Und nun wieder zurück auf den alten Kurs.«

Sie waren durch. Vom Fort wurde ein Flaggensignal gegeben. »Bitte geben Sie das Antwortsignal, Mr. Gratham«, befahl der Kommandant. Die Wimpel wehten aus und das Fort dippte die Flagge.

»Bitte geben Sie nun das Signal Feind in Sicht.« Das Fort eröffnete mit seinen drei Achtzehnpfündern das Feuer auf die Schonerbrigg. Diese hatte die leichte Kurskorrektur des Kutters übersehen und lief auf einen Felsen auf, der ihr das halbe Unterwasserschiff aufriss. Zugleich schlugen an Deck die Kugeln des Forts ein.

Die Lugger waren der Schonerbrigg nicht gefolgt. Sie wählten den weiten Weg um die Felsenriffe herum. Somit hatten sie keine Chance, den Kutter vor St. Peter Port zu erreichen. Die weitere Fahrt bis St. Peter Port verlief ohne Zwischenfälle. Im Schutz der Mauern von Castle Cornet ging der Kutter vor Anker.

## 5

Valle House lag im Schatten von Vale Castle. Es war ein
großes, dreistöckiges Herrenhaus aus Feldsteinen, das
durch sein mit schwarzem Schiefer gedecktes Dach bei
Regen ein wenig düster wirkte. Und es regnete häufig auf
Guernsey. Wenn jedoch die Morgensonne den Berghang
beschien, wirkte Valle House durch die
verschiedenfarbigen Feldsteine einladend und heiter. Von
der Auffahrt sah man unter sich den goldenen Sandstrand
von Bordeaux mit den an Land gezogenen kleinen
Fischerbooten liegen.

Seit Jahrhunderten waren die du Valles im Besitz der
Fischereirechte im Norden Guernseys und hatten damit
ihren Reichtum begründet. Erst das jetzige
Familienoberhaupt, James du Valle, hatte die Reederei
gegründet. Neben dem Handelsverkehr zwischen
Frankreich und England, der jetzt allerdings zum Erliegen
gekommen war, fuhren die Schiffe der du Valles auch ins
Baltikum und nach Norwegen. Aber wie es sich für eine
alte Familie ziemte, die ihre Geschichte bis zu den
Wikingern zurückführen konnte, die seinerzeit die Küsten
der Normandie erobert hatten, floss immer noch ein
großer Anteil kriegerischen Blutes in ihren Adern. So war
es kein Wunder, dass die zwei schnellen Briggs[16], die sonst
normannische Austern nach London brachten, nun mit
Kaperbriefen der Krone unterwegs waren.

---

[16] Zweimaster mit Rahsegeln an beiden Masten

Henry du Valle trat aus dem Haus und wandte sich dem Garten zu, wo bei dem schönen spätsommerlichen Wetter das Frühstück serviert wurde. Sein Vater saß bereits bei Tisch und trank seinen Kaffee aus einem großen Steingutbecher, der so gar nicht zu dem feinen französischen Porzellan passen wollte. James du Valle war lange zur See gefahren und konnte mit diesen kleinen Tässchen nur wenig anfangen.

»Guten Morgen, Henry, Dein Abenteuer hat schon den Weg in die Zeitung gefunden«, begrüßte er seinen Sohn. »Das war doch nicht viel mehr als eine Wettfahrt«, wiegelte Henry du Valle ab.

»Aber La Gazette beschreibt es wie die Heldentat des jungen Sausmarez[17]«, entgegnete James du Valle. »Jetzt weiß die ganze Insel, dass auch ein du Valle dazu in der Lage ist.«

Henry du Valle musste lächeln. Solange er denken konnte, gab es diesen Wettstreit zwischen seinem Vater und Matthew de Sausmarez, den beide inzwischen auf die Familien ausgeweitet hatten. Der Ursprung lag bei Henry´s Mutter, um die beide Männer geworben hatten.

»Aber James und ich dienen noch immer in derselben Marine und demselben König«, sagte Henry du Valle. »Natürlich, Henry, aber es tut mir trotzdem gut. Doch ich wollte mit Dir ohnehin über Deinen Dienst sprechen. Du solltest aufhören, in der Navy den Laufburschen zu

---

[17] James de Saumarez (ursprünglich Sausmarez) 1. Baron Saumarez ist der bekannteste britische Marineoffizier aus Guernsey

spielen, wenn Du bei mir Offizier sein kannst. Zwei oder drei Fahrten und ich gebe Dir ein eigenes Kommando.« Henry du Valle schüttelte den Kopf. »Das ist für mich ein großer Unterschied, Vater. Und ich bin auch der Meinung, dass es unserer Familie gut zu Gesicht steht, zumindest einen Offizier des Königs zu stellen. Immerhin gehören wir zu den ältesten Lehnsmännern der Krone.«

James du Valle hob beschwichtigend die Hände. »Es ist gut Henry, gegen dieses Argument kann ich wenig vorbringen.«

Henry du Valle sagte lachend: »Dabei wollte ich Dich gerade fragen, ob wir James de Saumarez den ganzen Ruhm überlassen wollen.«

Der Vater stimmte in das Lachen ein, fragte dann aber wieder ernst: »Wie soll es denn nun mit Deiner Karriere weitergehen, Henry? Soweit ich verstanden habe, hat man die Prince Rupert außer Dienst gestellt und eine neue Verwendung hat man noch nicht für Dich.«

»Das stimmt. Ich hatte gehofft, Du könntest mal wieder deine Verbindungen spielen lassen.«

»Weißt Du, wer im Moment der Oberbefehlshaber der Royal Navy bei den Kanalinseln ist?« fragte James du Valle. Henry du Valle antwortete nur mit einem Kopfschütteln, da er gerade einen Löffel Bean Jar in den Mund genommen hatte.

»Es ist mein Freund Philipp.« »Der Prinz?« »Ja, Philipp d'Auvergne.«

Philipp d'Auvergne, ein geborener Jersey-Mann, war im letzten Krieg in Gefangenschaft geraten und hatte bei dieser Gelegenheit den Herzog von Buillon aus dem Hause La Tour d'Auvergne kennengelernt. Dieser suchte einen Nachfolger als Ersatz für seinen kranken Sohn. Aufgrund der Namensgleichheit beider Familien waren die herzoglichen Genealogen von einer Verwandtschaft ausgegangen und der Herzog hatte Philipp d'Auvergne adoptiert, der sich fortan Prince d'Auvergne nannte, aber trotzdem seine Karriere in der Royal Navy fortsetzte, denn das kleine Herzogtum in den Ardennen war seit der Revolution nur noch eine Fiktion und ein Wechsel auf bessere Tage. So war es auch kein Wunder, dass Philipp d'Auvergne neben seinem Dienst als Captain der Royal Navy auch ein sehr aktiver Unterstützer der französischen Royalisten war. James du Valle kannte ihn aus seiner Schulzeit in Saint Mannelier auf Jersey.

»Weißt Du denn, wo sich Philipp im Moment aufhält? Leutnant Moore hatte ihn eigentlich in St. Peter Port erwartet«, fragte Henry du Valle.

»Hier haben wir ihn schon ewig nicht mehr gesehen«, antwortete James du Valle. »Seine Bravo liegt ständig im Hafen von Saint Hellier, aber wir schreiben uns regelmäßig.«

»Da muss er ja jemandem in Withehall ziemlich auf die Füße getreten sein, dass sie ihm diesen Kasten andrehen. Kein Wunder, dass er sich damit nicht aus dem Hafen wagt. Ich frage mich, wie er die Überfahrt von Plymouth bewerkstelligt hat«, stellte Henry du Valle lachend fest.

»Soweit ich weiß, hat er Himmel und Hölle in Bewegung gesetzt, Kommodore für das Geschwader bei den Kanalinseln zu werden«, antwortete James du Valle. »Da durfte er bei den Schiffen nicht wählerisch sein. Unsere Inseln sind der Admiralität einfach nicht wichtig genug. Aber zurück zu Deinen Plänen. Soll ich Philipp schreiben? Er hat bestimmt eine Verwendung für Dich.«

Henry du Valle schüttelte den Kopf. »Ich möchte so schnell wie möglich wieder im Dienst sein. Nicht, dass in der Zwischenzeit der Frieden ausbricht. Mir wäre es am liebsten, wenn ich sofort nach Saint Hellier fahre. Vielleicht kann mich Leutnant Moore ja mitnehmen. Die Marten müsste noch in St. Peter Port liegen.«

# 6

Seiner Majestät schwimmende Batterie Bravo[18] lag im Schlick unter den Kanonen von Elisabeth Castle, gegenüber der Hafeneinfahrt von Saint Helier. Dank der speziellen Rumpfform der Bravo war es kein Problem, sie regelmäßig trockenfallen zu lassen und die relative Abgeschiedenheit der kleinen Gezeiteninsel kam den diskreten Geschäften ihres Kommandanten deutlich besser entgegen als der quirlige Hafen der Inselhauptstadt von Jersey.

Mr. Wallis schaute nur mehr aus Gewohnheit prüfend hinauf zur Mastspitze, um die Windrichtung festzustellen. Der Breitwimpel des Kommodore[19] wehte nur schlaf vom Großmast aus, da sich das Schiff bei Ebbe fast vollständig im Windschatten von L'Islet befand. Als ob es eine Rolle gespielt hätte, denn seit der Prince d'Auvergne das Kommando übernommen hatten, war die Bravo, von der Kanalüberquerung abgesehen, ständig auf ihrem jetzigen Liegeplatz geblieben. Unwillig schnaufend ließ der Master nun seinen Blick über Saint Helier und St. Aubins Bay schweifen. In der Ferne mühte sich ein Kutter, die schmale Fahrrinne nach Saint Helier zu erreichen. Die Geschwindigkeit und Exaktheit der durchgeführten Manöver verrieten ihm, dass es sich um einen Kutter der Royal Navy handeln musste.

---

[18] Bravo war mit 16 18-Pfünder Karronaden bewaffnet und hatte eine Schonertakelung. Mit ihrem Flachbodenrumpf war sie speziell für seichte Küstengewässer konstruiert.
[19] Kommodore war damals noch kein Dienstgrad, sondern bezeichnete Geschwaderchefs, die keinen Admiralsrang hatten

Der Quartermaster, der hinter Mr. Wallis stand, räusperte sich leicht, um dem Master die Ankunft des Kommodore anzuzeigen, der soeben über den hinteren Niedergang nach oben kam. Mr. Wallis lüftete seinen Hut und begrüßte ihn. »Guten Morgen, Sir. Wie es scheint, läuft der Kurier soeben Saint Helier an.«

»Guten Morgen, Mr. Wallis. Das wurde auch langsam Zeit. Ohne Befehle fühlt man sich hier ja fast wie ein Fisch auf dem Trockenen. Lassen Sie den Kommandanten an Bord kommen, sobald der Salut beendet ist.«

Damit wandte sich der Kommodore wieder dem Niedergang zu, da ihn in seiner Kajüte das Frühstück erwartete.

Zur selben Zeit stand Leutnant Moore auf dem Achterdeck seines Kutters. Bei Ebbe glich die Ansteuerung von Saint Helier einem Spießrutenlauf zwischen den Untiefen und Felsenriffen, die die Fahrrinne säumten. Hinzu kamen immer wieder Windböen, die man schon von weitem über das seichte Wasser fegen sah. Mr. Hicks, der Master, war ständig damit beschäftigt, den Kurs des Kutters durch Peilungen der zahlreichen Landmarken zu überprüfen.

»An Deck«, kam von oben der Anruf des Ausgucks. »Ankerlieger fünf Strich Backbord voraus, zwei Masten.«

Leutnant Moore nahm sein Fernglas zur Hand und schaute in die angegebene Richtung. Fast mit der dahinterliegenden Festung verschmelzend, sah er das

Flaggschiff liegen. Nur das helle Band mit den acht Geschützpforten bildete einen Kontrast zu Watt und Felsen. Aus der Ferne wirkte es, als wäre das Schiff im Schlamm eingesunken.

Leutnant Moore schob sein Fernrohr zusammen und ließ den Stückmeister rufen. »Lassen Sie den Salut vorbereiten, Mr. Saxon, neun Schuss für die Flagge des Kommodore.«

»Aye Sir.«

Der Stückmeister eilte nach vorn, um alle notwendigen Vorbereitungen zu treffen. Schließlich wurden die Schüsse abgefeuert und von der Bravo erwidert. Anschließend wurde auf der Bravo ein Flaggensignal gehisst.

»Kommandant bitte an Bord kommen, wenn Ankerplatz erreicht«, meldete Mr. Gratham.

Kurz bevor die von zwei Molen geschützte Hafeneinfahrt erreicht war, kam der Marten ein Ruderboot entgegen. Ein Marineoffizier preite die Marten an und forderte sie auf, ihm zu folgen. Im Schutz einer Batterie ging Marten neben einem Lugger und einem weiteren Kutter vor Anker.

Die Kommandantengig wurde sofort ausgesetzt, die Post an Bord genommen und dann sprang Leutnant Moore vom niedrigen Freibord des Kutters in die Gig, in der Henry du Valle bereits saß. Etwa zweihundert Meter vor der Bravo lief die Gig auf und der restliche Weg musste zu Fuß fortgesetzt werden. Leutnant Moore klemmte sich die Post für den Kommodore unter den Arm und marschierte los. Henry du Valle folgte ihm. Dahinter kam noch der

Bootssteuerer des Kommandanten mit dem Postsack für das Geschwader. Als sie in Rufweite des Flaggschiffs waren, wurden sie angerufen.

»Boot ahoi.« Der Posten ignorierte die Tatsache, dass Ebbe herrschte und hielt sich an die übliche Form. »Marten«, antwortete der Bootssteuerer, damit anzeigend, dass der Kommandant des Marten im Anmarsch auf das Flaggschiff war.

Leutnant Moore kletterte über die Jakobsleiter an Bord, wo er von einer kleinen Ehrenformation und Leutnant Hamil, dem ersten Leutnant der Bravo, begrüßt wurde. Dann wurde Moore nach unten geleitet, wo ihn Leutnant Hamil dem Kommodore meldete.

»Captain Moore vom Kutter Marten, Sir.«

Der Kommodore erhob sich und kam um seinen Schreibtisch herum auf Leutnant Moore zu. »Sie sind herzlich willkommen, Captain Moore. Hatten Sie eine gute Überfahrt?«

»Eine sehr gute Überfahrt, bis auf eine kurze Begegnung mit französischen Freibeutern vor Guernsey.« »Vor Guernsey sagen Sie? Diese Bande wird wirklich immer frecher, weil sie um unsere Schwäche wissen. Unsere bei Guernsey stationierten Schiffe bewachen den Hafen von Saint Malo und den Rest des Geschwaders haben Sie heute in Saint Helier kennengelernt.«

»Darf ich Sie in diesem Zusammenhang auf den Midshipman du Valle hinweisen, Sir. Es war vor allem sein

Einsatz, dem wir ein glückliches Ende der Begegnung verdanken.«

»Du Valle? Einer von den du Valles aus Guernsey?«
»Soweit ich weiß, ja Sir. Er war als Passagier nach Guernsey bei uns an Bord, hat uns aber anschließend noch hierher begleitet.«

»Dann senden Sie ihn mir bitte, sobald wir hier fertig sind.«

»Er hat mich an Bord begleitet, Sir.«

»Sehr schön, aber jetzt zur Post.«

Philipp d'Auvergne nahm das Paket entgegen. Sein Schreiber schnitt es mit einem Messer auf und befreite die Briefe aus der geteerten Segeltuchhülle. Der Kommodore überflog zunächst die Briefe, gab einige an seinen Schreiber weiter und las die wichtigsten Nachrichten. Dann sagte er an Leutnant Moore gewandt: »Leider entnehme ich den Depeschen, dass Sie uns wieder verlassen werden und ab sofort unsere Nachrichtenverbindung nach England sind. Ich habe vor Ihrem Aufbruch noch einige Briefe zu schreiben und auch der Gouverneur wird Nachrichten für England haben. Vor morgen Mittag werden Sie nicht aufbrechen können. Es wäre mir eine Ehre, wenn Sie heute bei mir speisen würden. Und nun schicken Sie mir den jungen du Valle herein.«

Henry du Valle schlug das Herz bis zum Hals, als er die Kapitänskajüte betrat. Heute würde sich der Fortgang seiner Karriere entscheiden. Philipp d'Auvergne erhob sich lächelnd und umarmte den Jungen. »Henry, ich habe eigentlich Deinen großen Bruder erwartet. Nein, wie die Zeit vergeht Du bist ein Mann geworden. Und wie ich von Captain Moore hörte, bist Du auch ein guter Offizier.«

»Das war Glück, Sir, ich kenne halt die Gewässer um Guernsey.«

»Wir sind privat, Henry, da kannst Du mich weiter Onkel Philipp nennen, aber was führt Dich zu mir.«

»Nun, ich war bisher auf der Price Rupert, die kürzlich außer Dienst gestellt wurde und suche jetzt eine neue Verwendung. Vater meinte, Du könntest mir eventuell behilflich sein.«

»Verwendung für einen guten Seemann habe ich allemal«, antwortete Philipp d'Auvergne. »Leider ist es nur so, dass ich im Gegensatz zu meinem Vorgänger nur lauter Kleinzeug zu befehligen habe, die Bravo, die nicht einmal meinem Rang als Captain entspricht, die Sloop[20] Atalanta, die Kutter Earl of Chatham und Royalist und den Lugger Aristocrat. Selbst mit der alten Prince Rupert kann keines dieser Schiffe mithalten was Komfort und Renommee betrifft.«

»Aber darum geht es mir doch überhaupt nicht, Onkel. Ich möchte einfach nur zur See fahren und meinem König dienen.«

»Dienst und Salzwasser ohne Ende kann ich Dir allerdings anbieten«, lachte Philipp d'Auvergne. »Das Geschwader ist nicht nur klein, sondern auch so hoffnungslos

---

[20] Sloops waren damals zwei- oder dreimastige Kriegsschiffe mit 14 – 20 Geschützen unter dem Befehl eines Commanders.

unterbesetzt, dass ich sogar gezwungen war, fast die halbe Besatzung der Bravo auf das Geschwader zu verteilen, denn im Ernstfall würden wir ja ohnehin nur mit einer Breitseite kämpfen.«

»Ich scheue keinen Einsatz Onkel, alles was ich mir wünsche ist ein Schiff, auf dem ich beweisen kann, dass ich ein echter Guernsey-Mann bin.«

Philipp d'Auvergne wandte sich an seinen Schreiber. »Was ist mit Mr. Wayne, White? Liegt er noch im Hospital?«

»Ja, Sir, die Ärzte musste ein weiteres Stück von seinem Bein amputieren. Doktor Chacun ist sich nicht sicher, ob er den Tag überleben wird.«

»Gut, dann ist alles klar. Henry, ich übernehme Dich als etatmäßigen Midshipman der Bravo und versetze Dich bis auf Widerruf auf die Aristocrat. Captain Crocker ist ein guter Mann.«

»Danke Onkel, ich werde Dein Vertrauen nicht enttäuschen.«

»Ich weiß, Henry, schließlich bist Du der Sohn Deines Vaters. Am besten stelle ich Dir Captain Crocker nachher beim Dinner vor. Bis dahin werden Deine Papiere fertig sein.«

# 7

Seiner Majestät gecharterter Lugger Aristocrat[21] lag beigedreht knapp außerhalb der Sichtweite der französischen Küste. Obwohl von Westen her eine leichte Brise wehte, war die See spiegelglatt, so dass sich die hoch aufgetürmten Kumuluswolken im Wasser spiegelten.

Henry du Valle ging auf dem kleinen Achterdeck des Luggers auf und ab. Manchmal unterbrach er seine Runden, um den Horizont mit seinem Fernrohr nach etwaigen Segeln abzusuchen, aber der Horizont blieb leer, was den Plänen des Kommandanten sehr entgegen kam. Allerdings war das kein Zufall, denn momentan kreuzten die anderen Schiffe des Geschwaders mit Ausnahme der Bravo dicht vor den bretonischen Häfen, um so ein Auslaufen der französischen Korsaren zu unterbinden.

Endlich wurde das Glas der Sanduhr umgedreht und die Glocke geschlagen. Vier Glasen in der ersten Hundewache. Der Master Henry Wilkins kam an Deck gestapft und Henry du Valle übergab ihm die Wache. Der Master war ein unsympathischer Kerl, der nicht damit zurechtkam, nicht mehr Herr und Meister auf seinem Lugger zu sein. Wie bei der Royal Navy üblich, war auch die Aristocrat samt Master und Besatzung übernommen worden, als Kommandant wurde jedoch ein Offizier der Royal Navy, momentan Leutnant Crocker, eingesetzt. Henry du Valle war der zweite Fremdkörper an Bord. Er diente als Wachoffizier neben dem zivilen ersten Maat der

---

[21] Offiziell Hired armed lugger Aristocrat, war von 1794 bis 1798 von der Royal Navy als Lugger und nach einem Umbau von 1799 bis 1801 als Brigg angemietet.

Aristocrat John Wilkins, dem Sohn des Masters. Im Gegensatz zu seinem Vater war er ein umgänglicher Mann und für Henry du Valle ein angenehmer Messekamerad.

Als Henry du Valle in die Offiziersmesse kam, goss ihm John Wilkins ein Glas Wein ein.

»Hier, trinke erst einmal. Du musst bei der Wärme ja ganz ausgedörrt sein.«

Henry du Valle nahm das Glas dankend entgegen und sagte nach einigen hastigen Schlucks: »Das tat gut, danke John. Zum Glück wird es jetzt nachts schon recht frisch. Wenn der Wind weiter einschläft, steht mir nachher ein langer Pull bevor.«

»So, wie das Barometer fällt, kann es eher ein stürmischer Ritt werden.«

Henry du Valle begab sich in seine enge Kammer, um sich vor dem nächtlichen Einsatz noch ein wenig auszuruhen. Heute würde er sich zum ersten Mal selbstständig an die Küste begeben, um einen Spion oder Flüchtling aufzunehmen. Denn das war das tägliche Brot der Aristocrat. Philipp d'Auvergne hatte durch verwandtschaftliche Beziehungen und in Folge seiner Kriegsgefangenschaft im letzten Krieg enge Verbindungen in Frankreich. Darauf aufbauend hatte er in der Bretangne und der Normandie ein weitverzweigtes Agentennetz etabliert, das sogar bis Paris reichte.

Der Lugger diente dabei als sein verlängerter Arm. Durch ihn hielt er Kontakt zum Festland. Bei Henry du Valles bisher einzigem Einsatz, damals als zweiter Mann neben dem Master, war der Kommodore selbst an der Küste abgesetzt und Stunden später wieder abgeholt worden. Damals war die Gig der Aristocrat nur knapp zwei französischen Ruderkanonenbooten entkommen.

Es ging auf Mitternacht zu, als Henry du Valle seine Männer an Deck versammelte. Alle hatten ihre Gesichter geschwärzt. Henry du Valle überprüfte ihre Bewaffnung und ließ sie dann in die Gig steigen. Er wandte sich zu Leutnant Crocker und lüftete grüßend seinen Hut.

Dieser tippte gegen die Spitze seines Hutes und sagte: »Machen Sie es gut, Mr. du Valle und denken Sie an die Grundregel. Sobald etwas verdächtig erscheint brechen Sie den Einsatz ab. Dann versuchen wir es morgen erneut. Viel Glück.«

»Danke, Sir.«

Henry du Valle kletterte über die Bordwand und sprang in die Gig. Fast hätte er bei der Landung das Gleichgewicht verloren, doch es ging alles gut. Ob die Männer seine Nervosität spürten?

»Machen Sie weiter, Pew«, wies er den Bootssteuerer an, der sofort ein kurzes Kommando gab. Im Nu schoss die Gig voran und innerhalb weniger Augenblicke war der Lugger hinter ihnen in der Dunkelheit verschwunden. Nur die rote Laterne im Topp des kleinen Besanmastes war noch länger zu sehen. Dann verschwand auch sie.

Wie von John Wilkins vorhergesagt frischte der Wind spürbar auf, so dass es sich lohnte, den kleinen Mast aufzustellen und das Segel zu setzen. So kamen sie noch viel schneller voran. Henry du Valle kontrollierte den Kurs mit einem kleinen beleuchteten Kompass, der sich in einem Kasten befand, um so den verräterischen Lichtschein zu dämpfen.

»Brandung zwei Strich Steuerbord voraus«, meldete der Buggast.

»Das wird die Sandbank sein«, meinte Henry du Valle. »Aye Sir, wir sind auf dem richtigen Kurs«, stimmte Pew zu.

Kurz nachdem die Sandbank passiert war, kam auch das vor ihnen liegende Festland, zunächst nur schemenhaft in Sicht. Henry du Valle sah die dunklen, bewaldeten Hügel und davor das helle Band des Strandes und der Dünen. Das Segel wurde geborgen und die Gig drehte bei. Mit Hilfe des von Leutnant Crocker ausgeborgten Nachtglases suchte Henry du Valle das Ufer ab. Es war nichts zu sehen. Er schaute im Licht des Kompasskastens auf seine Uhr, dreißig Minuten nach Mitternacht. Noch blieb reichlich Zeit.

 Dann gab es am Strand Bewegung. Henry du Valle wollte das Signal geben, doch Pew beruhigte ihn. »Das sind die Dragoner, Sir. Sie reiten jede Nacht den Strand ab. In zwei Stunden kommen sie zurück.«

Sofort entspannte sich Henry du Valle wieder. Sein Einsatz mit dem Master war an der bretonischen Küste erfolgt. Dort ließen die Felsen keine Patrouillen zu.  Aber zum Glück hatte ihm Leutnant Crocker einen guten Mann mitgegeben, der das Geschäft kannte. Dieser Gedanke ließ Henry du Valles Zuversicht wachsen.

Die Zeit verging. Die Dragoner kamen zurück, ohne dass man sie von der Gig aus sehen konnte, denn inzwischen hatten sich Wolken vor den Mond geschoben. Man hörte nur das Stampfen der Hufe und das Klirren der Waffen. Bei stärkerer Brandung hätte man nicht einmal das gehört. Immer wieder nahm Henry du Valle das Glas zur Hand, doch das erwartete Zeichen blieb aus. Bald würde die Tide kippen und im ablaufenden Wasser würde es kaum noch möglich sein, die Position vor dem Strand zu halten.

Dann nahm Henry du Valle eine Bewegung am Strand wahr. Im selben Moment meldete der Buggast: »Zwei Reiter, Sir. Sie kommen aus den Dünen.«

»Achtung, alle bereit machen«, kommandierte Henry du Valle.

Alle nahmen ihre Riemen auf, um sofort nach dem Kommando in Richtung Strand vorstoßen zu können. Der Buggast visierte mit der Drehbasse, die ihre schwerste Waffe war, die Reiter an. Schließlich war zu erkennen, dass einer der Reiter ein blaues Licht schwenkte. Es war eine Laterne mit blauen Glasscheiben. Das erwartete Zeichen.

»Vorwärts«, befahl Henry du Valle. In hohem Rudertakt trieben die Matrosen die Gig voran. Henry du Valle nahm die Signallaterne und gab den Reitern ein Zeichen. Diese gaben ihren Pferden die Sporen und ließen sie ins Wasser galoppieren.

»Bourbon et Bouillon«, rief der Reiter mit der Laterne.
»Auvergne«, antwortete Henry du Valle.

Die Gig hatte nun fast das Ufer erreicht und der Reiter ritt dicht an sie heran. Dann sprang er direkt vom Pferd ins Boot. Sein Begleiter nahm die Zügel des nun ledigen Pferdes und strebte nach einem kurzen Abschiedsgruß in wildem Galopp den Dünen zu, in denen er rasch verschwand.

Inzwischen hatte die Gig gewendet und hielt nun wieder zurück auf See. Der neue Passagier bewegte sich vom Bug aus zwischen den Ruderern vorsichtig nach hinten. Nach einem knappen Bonjour hüllte er sich in seinen Mantel und nahm vor Henry du Valle auf dem Boden der Gig Platz.

Gegen den Wind konnte das Segel nicht genutzt werden, aber die einsetzende Ebbe machte das Rudern leicht. Bald meldete der Buggast: »Ich sehe die Aristocrat, Sir, wir halten direkt darauf zu.«

Wenige Minuten später war der Lugger erreicht und die Gig ging längsseits. Wie selbstverständlich ging ihr Passagier als erster an Bord, grüßte den dort wartenden Leutnant Crocker und verschwand unter Deck. Leutnant Crocker schien ein derartiges Verhalten seiner Kundschaft bereits gewöhnt zu sein. Er wartete ab, bis Henry du Valle an Bord kam und sagte nach einer kurzen Begrüßung mit Blick auf den leeren Niedergang: »Nehmen Sie es ihm nicht übel, Mr. du Valle, ihre Anonymität ist für diese Leute ihre wichtigste Lebensversicherung.«

Dann wandte er sich zum Master um, der die Wache hatte. »Mr. Wilkins, wir nehmen Kurs auf Saint Hellier.«

## 8

Die Schauplätze wechselten, doch die Einsätze ähnelten sich. Immer wieder war Henry du Valle an der Reihe, französische Agenten oder Flüchtlinge von der Küste abzuholen. Manchen Agenten brachte er in der folgenden Nacht dann wieder zurück nach Frankreich. Meist waren diese Einsätze ereignislos, weil sich die lange französische Küstenlinie von Land aus kaum kontrollieren ließ und auf See waren die Briten die Herren. Dann kam der Herbst und mit ihm die Zeit der Äquinoktialstürme, die Aristocrat immer wieder im Hafen von Saint Helier festhielten. Philipp d'Auvergne saß in dieser Zeit wie auf glühenden Kohlen in seiner großen Kajüte auf der Bravo. Er, der sonst seine Agenten wie ein Puppenspieler dirigierte, war plötzlich von jeglicher Nachricht abgeschnitten.

Sobald sich endlich eine Wetterbesserung andeutete, wechselte er auf die Aristocrat und nahm mit ihr Kurs auf die Halbinsel Cotentin. Dort wollte er sich mit Untergrundkämpfern treffen, die nach dem Debakel in der Quiberonbucht das Feuer der Rebellion nun in der Normandie entfachen sollten. Philipp d'Auvergne war zwar skeptisch, was die Erfolgsaussichten betraf, doch die immer neuen Aufstandsherde trugen auch zur Destabilisierung der Republik bei.

Allerdings hatte Philipp d'Auvergne die Rechnung ohne den Wettergott gemacht. Kurz vor der Küste überraschte sie ein Sturm, der so heftig begann, dass man auf der Aristocrat nicht mehr dazu kam, die Segelfläche zu verkleinern, so dass der Lugger fast zum Kentern gebracht worden wäre. Nur mit der geballten Erfahrung Leutnant

Crockers und des Masters konnte sich die Aristocrat behaupten und nach mehrstündigem Aufkreuzen im Windschatten von Sark etwas Schutz finden. Dort wurden die Sturmschäden beseitigt und besseres Wetter erwartet.

Insgesamt war man sehr glimpflich davongekommen, nur Philipp d'Auvergne war beim ersten Aufprall des Sturms den Niedergang hinabgestürzt und hatte sich ein Bein gebrochen.

Als der Sturm nach drei Tagen endlich abflaute, lief Aristocrat wieder das Festland an. Henry du Valle hatte die Wache. Immer wieder die Segelstellung und den Wind beobachtend ging er auf dem Achterdeck auf und ab. Ab und zu befahl er dem Rudergänger eine leichte Korrektur, denn die Tidenströmung verlief quer zum Kurs. Als Leutnant Crocker an Deck kam, wechselte Henry du Valle auf die Leeseite, doch der Kommandant rief ihn zu sich.

»Kurs Nord-Nord-Ost liegt an, Sir«, meldete der Midshipman dem Kommandanten, »In einer halben Stunde sollte die Küste in Sicht kommen.«

»Sehr gut, Mr. du Valle. Sobald sie die Wache übergeben haben, melden Sie sich bitte beim Kommodore.«

Die Küste kam nicht in Sicht, weil es zu dieser Jahreszeit bereits früh dunkel wurde, aber die am Ufer auslaufende Brandung zeichnete einen hellen Streifen in die Dunkelheit und ließ sie so zumindest erahnen. Nachdem Henry Wilkins die Wache übernommen hatte, begab sich Henry du Valle in die winzige Kommandantenkammer, in der Philipp d'Auvergne lag.

»Da bist Du ja, Henry«, begrüßte ihn der Kommodore. »Ich habe eine wichtige Aufgabe für dich.«

»Was kann ich tun, Onkel Philipp?«

»Du bist der einzige Mann an Bord, der außer mir als echter Normann durchgehen kann. Wir sprechen die Sprache und können uns ohne Aufsehen zu erregen unter den Einheimischen bewegen.«

»Das heißt, ich soll für dich an Land gehen?«

»Ja, wenn du dir es selbst auch zutraust.«

»Natürlich tue ich das. Im Frieden war ich oft bei unseren Cousins zu Besuch.«

»Deine Zielperson ist Dir auch bekannt, es handelt sich um Pierre de Pierrepont.«

»Natürlich kenne ich ihn, er ist der Schwager meiner Mutter.«

Es kam bei ihren Einsätzen immer wieder vor, dass sie auf bekannte Gesichter trafen, denn die Familien auf den Inseln und auf der Halbinsel Cotentin verbanden nicht nur die See und die gemeinsame Sprache, sondern auch Jahrhunderte lange verwandtschaftliche Beziehungen.

Nach dem Gespräch beim Kommodore blieb Henry du Valle nur noch Zeit für ein schnelles Abendessen. Dann hieß es schon, das Boot ist bereit. Inzwischen war der Mond untergegangen und nur noch das ferne Rauschen der Brandung machte allen an Bord die Nähe der Küste bewusst.

Henry du Valle trug Zivilkleidung, so dass er dank seiner Sprachkenntnisse ohne weiteres als französischer Normanne durchgehen konnte. Nur der Passierschein fehlte ihm, was ihm bei einem besonders misstrauischen Gendarmen zum Verhängnis werden konnte.

Das Boot stieß ab und nahm rasch Fahrt auf. Der Wind war fast ganz eingeschlafen, aber die See war noch immer unruhig. Mit einem Nachtglas versuchte Henry du Valle die Dunkelheit zu durchdringen, um den Strand nach eventuellen Zeugen seiner Landung abzusuchen, doch es blieb ein hoffnungsloses Unterfangen. Es war einfach zu dunkel. Das einzige Licht war die einsame rote Laterne im Topp der Aristocrat, das mit zunehmender Entfernung immer schwächer wurde.

Das Rauschen der Brandung wurde immer lauter und schließlich war die helle Gischt der sich brechenden Wellen erkennbar. Henry du Valle machte sich bereit. Dann fuhr der Kiel des Bootes knirschend in den Sand des Strandes. Ein Matrose trug Henry du Valle auf seinen Schultern an Strand, damit seine Schuhe nicht nass wurden. Immerhin hatte er einen längeren Fußmarsch vor sich.

Dann stieß das Boot wieder ab und Henry du Valle blieb allein zurück. Vorsichtig sah er sich um und stapfte dann durch den fast knöcheltiefen Sand auf die Dünen zu. Die ungewohnte Anstrengung brachte ihn schnell außer Atem. Erst im Küstenwald hinter den Dünen wurde der Boden fester und Henry du Valle konnte endlich durchschnaufen.

Nun galt es, sich zunächst einmal zu orientieren, denn aufgrund der Dunkelheit hatte der Master ihre Position nur gissen können.

Glücklicherweise kannte sich Henry du Valle in der Umgebung von Blainville aus. Der Master hatte vermutet, dass sie sich nördlich des Dorfes befanden. An einer Stelle, die freie Sicht nach Süden bot, nahm Henry du Valle wieder sein Nachtglas zur Hand. Tatsächlich! In der Ferne ließen sich Häuser erahnen und in ihrer Mitte lag auf einer Anhöhe die dem heiligen Petrus geweihte Kirche.

Nun wusste Henry du Valle ganz genau, wo er sich befand. Mit kräftigen Schritten lief er über die Wiesen, die ihn von seinem Ziel trennten. Zwischen den Wiesen standen vereinzelt Baumgruppen, wo er immer wieder verschnaufen konnte.

Glücklicherweise lag das Gutshaus, bei dem es sich eher um ein kleines Schloss handelte, abseits von Gonneville auf der ihm zugewandten Seite. Schließlich hatte sich Henry du Valle so weit genähert, dass er die einzelnen Gebäude erkennen konnte. Das eigentliche Manoir de Gonneville bestand aus einem zweiflügligen Wohngebäude mit einem Treppenturm und einigen Wirtschaftsgebäuden, die teilweise noch Spuren der alten Wehranlage aufwiesen. An eine Scheune schmiegte sich ein Taubenturm, in der Normandie das Privileg des Seigneurs. Etwas abseits stand eine kleine Kapelle, Notre Dame de Gonneville, auch die Kapelle der Seefahrer genannt. Sie gehörte zu den wenigen Kirchenbauten der Umgebung, in denen noch immer die Heilige Messe abgehalten wurde.

Der Eingang zum Schloss war eine fast unscheinbare Pforte. Henry du Valle blickte sich kurz um. Sein Herz schlug heftig. Alles schien im tiefsten Schlaf zu liegen. Er nahm den Türklopfer in die Hand und klopfte vorsichtig. Dreimal schnell, zweimal langsam. Die Tür öffnete sich sofort. Offensichtlich hatte man ihn bereits erwartet.

Es war der Schlossherr selbst, der geöffnet hatte. Pierre de Pierrepont war ein grauhaariger Mann von ungefähr siebzig Jahren. Er hatte das typische wettergegerbte Gesicht eines Seemanns und tatsächlich hatte er den größten Teil seines Lebens auf See verbracht, erst als Offizier des Königs von Frankreich und später als Freibeuter. Als er sah, wer vor der Tür stand, erschrak er für einen kurzen Augenblick. Er hatte mit Philipp d'Auvergne gerechnet. Doch kurz danach blitzte ein Erkennen in seinen Augen auf und er zog Henry du Valle zur Tür hinein.

Nachdem die Tür geschlossen war, umarmte er Henry. »Wenn das keine Überraschung ist. Der kleine Henry ist ein richtiger Mann geworden. Ich hatte Philipp erwartet.«

»Onkel Philipp hat sich im letzten Sturm verletzt und kann nicht kommen. Weil Du mich kennst, hat er mich an seiner Stelle geschickt.«

»Wenn das keine glückliche Fügung ist«, sagte Pierre de Pierrepont. »Wie geht es der Familie?«

»Alle sind wohlauf, nur Großmutter klagt wie immer über ihr Rheuma.«

Pierre de Pierrepont lachte. »Glaub mir, Henry, die alte Dame wird uns alle überleben.«

»Und wie geht es Dir, Onkel?«

Der alte Mann seufzte. »Das Leben muss weitergehen, aber Tante Margot fehlt mir noch immer jeden Tag.«

Schließlich kamen die Beiden zum eigentlichen Zweck des Besuchs. Henry du Valle öffnete eine Naht seines Mantels und zog einige Briefe heraus. Pierre de Pierrepont zog sich in sein Arbeitszimmer zurück, während Henry du Valle in der Küche auf ihn wartete. Hier aß er ein wenig Schinken und trank dazu einen Krug Cidre.

Schließlich kam Pierre de Pierrepont in die Küche und übergab Henry du Valle einen Brief, den dieser geschickt in seinen Mantel einnähte. Dann war es höchste Zeit, Abschied zu nehmen, denn schon bald würde die restlichen Schlossbewohner erwachen, um ihr Tagwerk zu beginnen. Eine kurze Umarmung in der Diele, ein letzter Gruß an die Verwandten auf Guernsey, die Henry du Valle auszurichten versprach und schließlich schlüpfte er nach einem prüfenden Blick auf den Schlosshof durch die Tür nach draußen.

Henry du Valle wählte denselben Weg wie vor wenigen Stunden. Noch wirkte die ganze Gegend wie ausgestorben. Trotzdem blieb Henry du Valle auf der Hut. So weit vom Meer entfernt konnte jede Begegnung verhängnisvoll sein.

Endlich erreichte er den Küstenwald. Im fernen Blainville zeigten sich die ersten erleuchteten Fenster. Die Gegend erwachte zum Leben. Noch war es dunkel, aber schon bald würden sich die ersten Zeichen der Dämmerung im Osten zeigen. Schließlich war die Grenze zu den Dünen erreicht. Henry du Valle folgte dem Weg zwischen zwei Dünen und prallte unverhofft gegen einen Menschen. Geistesgegenwärtig stieß er einen normannischen Fluch aus. Sein Gegenüber antwortete im typischen Dialekt des Parisers: »Wen haben wir denn da? Zeig mir Deine Papiere, Bürschchen.«

Henry du Valle griff in seinen Mantel, als wolle er der Aufforderung nachkommen. Das machte den Gendarmen unaufmerksam. Er nahm seine Laterne, um sie anzuzünden, damit er die Dokumente kontrollieren konnte. Das nutzte Henry du Valle aus. Er schlug den Mann nieder, fesselte und knebelte ihn. Dann nahm er dessen Gewehr und schlich vorsichtig weiter, bis er den Strand überblicken konnte.

Durch sein Nachtglas konnte er das Boot ungefähr fünfzig Meter vom Ufer entfernt erkennen. Geschickt glichen die Ruderer die Strömung aus, um die Position halten zu können. Als vom Boot das vereinbarte Signal, eine blaue Laterne, geschwenkt wurde, richtete sich Henry du Valle auf und lief auf das Ufer zu. Auf dem Boot hatte man ihn nun auch entdeckt und das Boot näherte sich ebenfalls dem Ufer.

Plötzlich ertönten hinter Henry du Valle laute Rufe und die ersten Schüsse fielen. Henry du Valle lief unbeirrt weiter. Er erreichte das Wasser und lief durch die sich brechenden Wellen auf das Boot zu. Dann packten ihn starke Hände und zogen ihn in das Boot hinein. Noch völlig außer Atem kauerte er auf dem Boden des Bootes, während die Franzosen immer noch feuerten. Glücklicherweise schossen die Franzosen mehr auf Verdacht, als dass sie wirklich zielten. Nur selten hörte man das Pfeifen einer vorbeifliegenden Kugel.

Dann kam die Aristocrat in Sicht. Erst waren es nur die Lichter, dann der dunkle Rumpf. Als Henry du Valle endlich an Bord war, begann es schon, zu dämmern. In diesem Moment ertönte der Ruf des Ausgucks: »An Deck! Segel in Sicht, querab Steuerbord.«

Sie waren nicht allein.

## 9

Noch während die Gig eingeholt wurde, ließ Leutnant Crocker den Anker kappen und alle Segel setzen, um Fahrt ins Schiff zu bekommen. Noch konnte man die fremden Segel von Deck aus nicht erkennen. Deshalb schickte er Henry du Valle in den Mast. Der Ausguck machte ihm Platz, so dass Henry du Valle einen sicheren Stand hatte.

Bereits mit bloßem Auge konnte Henry du Valle die beiden beigedreht liegenden Lugger erkennen. Sie waren nur eine halbe Meile entfernt und hatten die Aristocrat gegen die aufgehende Sonne schon viel früher gesichtet. Beide Lugger hatten ihre Boote ausgesetzt, die voll besetzt der Aristocrat zustrebten.

»An Deck«, rief Henry du Valle, »Zwei Lugger in Sicht, ungefähr zweieinhalb Kabellängen in Steuerbord. Sie haben ihre Boote ausgesetzt und wollen uns entern.«

Leutnant Crocker nickte zufrieden. Er hatte einen Enterversuch erwartet, weil die fremden Schiffe trotz sicherlich besserer Sicht bisher noch nicht gefeuert hatten. Seinen Anker hatte er also nicht umsonst geopfert.

In der steifen Brise nahm Aristocrat rasch Fahrt auf. Die Lugger setzten ebenfalls Segel, mussten jedoch erst ihre Entermannschaften aufnehmen, bevor sie die Verfolgungsjagd starten konnten. Henry du Valle sah, dass sie beide ihre Beiboote in Schlepp nahmen, um Zeit zu sparen. Das würde sie aber bei der Verfolgung auf Dauer behindern.

Allerdings war auch die Lage der Aristocrat nicht sonderlich komfortabel. Auf dem gegenwärtigen Kurs geriet sie schon bald in die Baie du Mont Saint Michel und sobald die Tide kippte, drohte sie dort aufzulaufen. Leutnant Crocker musste also früher oder später anluven lassen, um dieser Gefahr zu entgehen, doch das war mit den beiden Luggern in Luv vorerst nicht möglich.

Inzwischen war Henry du Valle abgeentert und wurde zunächst unter Deck geschickt, um die Zivilkleidung abzulegen und dem Kommodore Bericht zu erstatten. Dieser lag in seiner Koje und litt unter starken Schmerzen in seinem gebrochenen Bein, das vorerst nur provisorisch geschient worden war. Wie alle Schiffe des Geschwaders hatte auch Aristocrat keinen Arzt an Bord. Nachdem Henry du Valle den Brief übergeben und Bericht erstattet hatte, ging er wieder nach oben, um seine Gefechtsstation bei der Steuerbordbatterie einzunehmen.

Als Henry du Valle wieder an Deck kam, hatte sich Aristocrat einen kleinen Vorsprung herausgesegelt und die Besatzung machte sich zum Anluven bereits. Leutnant Crocker plante, den Kurs seiner Verfolger zu kreuzen und ihnen damit den Luvvorteil zu nehmen. Während des Manövers sollte die Steuerbordbatterie eine erste Salve abfeuern. Mit vier Achtpfündern und acht Vierpfündern war der Lugger Aristocrat für seine Größe recht gut bewaffnet. Die Achtpfünder standen auf dem Achterdeck, die Vierpfünder davor. Schließlich gab Leutnant Crocker seinen Befehl und Aristocrat änderte seinen Kurs nach Steuerbord.

Die beiden Lugger waren zunächst noch außerhalb der Reichweite, aber sie kamen rasch näher.

»Feuern Sie, sobald die Franzosen in Schussweite sind«, befahl Leutnant Crocker.

»Aye Sir«, antwortete Henry du Valle.

Über den Lauf des vorderen Achtpfünders visierte er den vorderen der beiden Lugger an. Dann feuerte er die Kanone ab. Die Kugel hüpfte über die Schaumkronen der Wellen und versank kurz vor dem Bug des Luggers.

»Mit Kettelkugeln nachladen«, befahl Henry du Valle.

Dann begab er sich zum achternen Achtpfünder und feuerte diesen ab. Der Schuss lag viel besser und schien auf der Back des Luggers gelandet zu sein. Schäden waren jedoch nicht erkennbar. Auch diese Kanone wurde mit Kettenkugeln geladen.

Henry du Valle begab sich nun nach vorn zu den Vierpfündern. Die Lugger waren nur noch eine Kabellänge entfernt, als er den Befehl zum Feuern gab. Nach den Achtpfündern klangen die Schüsse der vier Kanonen wie das Kläffen kleiner Schoßhündchen. Aber immerhin zerfetzten die Kugeln das vordere Luggersegel und die Bugwelle dieses Verfolgers fiel in sich zusammen. Er war vorerst aus dem Rennen.

Inzwischen war auch der zweite Lugger in Schussweite gekommen. Henry du Valle ließ die Achtpfünder feuern. Laut kreischend wirbelten die Kettenkugeln durch die Luft und rasierten den vordersten Mast des Luggers ab. Auch dieser Gegner war vorerst außer Gefecht gesetzt und Aristocrat ließ seine Verfolger weit hinter sich

.»Das war eine gute Leistung, Mr. du Valle«, sagte Leutnant Crocker, »Geben Sie mir die Ehre, mit mir zu frühstücken?«

»Aye Sir, danke Sir.«

Die beiden Offiziere gingen unter Deck. Da Philipp d´Auvergne als Ranghöchster an Bord die Kajüte des Kommandanten für sich beanspruchte, nahm Leutnant Crocker mit der Kabine, die für die speziellen Gäste an Bord vorgesehen war, vorlieb.

Für zwei Personen, die beide das beengte Leben an Bord gewöhnt waren, war sie vollkommen ausreichend. Da sie erst wenige Tage in See waren, war das Brot noch halbwegs frisch und die Auswahl an Lebensmitteln groß. Während sich beide an einem Berg Lammkoteletts zu schaffen machten, fragte Leutnant Crocker: »Was halten Sie von dem Vorfall, Mr. du Valle?«

»Es könnte ein Zufall gewesen sein. Vielleicht hat man uns auf einer Patrouillenfahrt entdeckt.«

»Richtig, das wäre natürlich möglich, aber warum waren sie sich so sicher, wen sie da vor sich hatten? Die Aristocrat ist ein Lugger. Jeder Seemann würde sie bei den Sichtverhältnissen in der Morgendämmerung für einen Franzosen halten.«

»Sie glauben also an keinen Zufall, Sir?«

Auch Phlipp d´Auvergne glaubte nicht an einen Zufall, als ihn Leutnant Crocker und Henry du Valle auf ihren Verdacht ansprachen. Für ihn stellte sich lediglich die Frage, wie die Franzosen zu ihrer Information über die Aristocrat gekommen waren.

»Für Pierre de Pierrepont lege ich meine Hand ins Feuer. Mr. du Valle und ich sind mit ihm verwandt und Familie geht für ihn über alles«, meinte er.

Henry du Valle stimmte ihm zu. »Selbst wenn man ihn erpresst hätte, wäre ihm irgendein Weg eingefallen, mich zu warnen.«

»Das sehe ich auch so«, stimmte ihm Philipp d´Auvergne zu.

»Wer wusste denn von dem Treffen?« fragte Leutnant Crocker.

»Nur Mr. du Valle, Mr. de Pierrepont und ich«, antwortete der Kommodore.

Leutnant Crocker ließ nicht locker. »Was ist mit Pierreponts Vertrauten, für die er die Nachricht entgegennahm?«

»Die wussten lediglich, dass ein Treffen geplant war, aber weder wo noch wann.«

Die drei Offiziere fanden keine Lösung für das Rätsel. Ihnen war aber klar, dass sie alle zukünftigen Aktionen mit noch größerer Vorsicht durchführen mussten.

Gegen Mittag waren die Verfolger selbst vom Mast aus nicht mehr zu sehen. Für dieses Mal war die Gefahr gebannt. Leutnant Crocker ließ die Aristocrat Kurs auf Saint Helier nehmen, wo sich Philipp d´Auvergne endlich in die fähigen Hände von Doktor Chacun begeben wollte.

# 10

Der Besatzung der Aristocrat blieb wenig Zeit in Saint Helier, die Annehmlichkeiten des Hafens zu genießen. Bereits nach zwei Tagen ging es wieder hinaus, diesmal jedoch ohne Philipp d`Auvergne, der sich an Bord der Bravo von seiner Verletzung erholte.

Die Aufgabe war reine Routine. Ein Agent und mehrere Flüchtlinge sollten vom Festland abgeholt werden. Wegen des Verdachts, wurde die Aktion streng geheim gehalten. An Bord der Aristocrat kannten nur Leutnant Crocker und Henry du Valle das Ziel der Fahrt, auf der Bravo war der Personenkreis auf den Kommodore und seinen Stab beschränkt. Es handelte sich um denselben Personenkreis, dem auch die letzte Aktion bekannt gewesen war. Somit wurden alle Eingeweihten verdächtigt und jeder misstraute jedem. Eine äußerst unangenehme Situation, wie Henry du Valle fand.

Als er Leutnant Crocker darauf ansprach, teilte dieser seine Empfindungen.

»Es ist eine scheußliche Situation, Mr. du Valle, besonders wenn man bedenkt, dass unser Geschäft auf Vertrauen beruht. Aber es ist nun einmal die einzige vernünftige Erklärung für die Anwesenheit der beiden Lugger, dass ihnen jemand unsere Pläne verraten hat.« »Darüber waren wir uns ja bereits einig, Sir, doch es hat sich trotzdem nichts geändert, sieht man vom allgemeinen Misstrauen ab. Das finde ich beunruhigend, Sir.« »Mir schmeckt das auch nicht sonderlich, doch ich denke, der Kommodore hat seine Leute, die sich im Verborgenen darum kümmern.

Trotzdem sollten wir die Augen offenhalten. Immerhin geht es um unsere Köpfe.«

Um möglichst wenige Zeugen des Auslaufens zu haben, verließ die Aristocrat in der Dämmerung Saint Helier. Sämtliche Ausguckposten waren besetzt. Die Männer waren ausdrücklich angewiesen worden, nicht nur die See im Auge zu behalten.

Gegen die Tideströmung kam der Lugger nur langsam voran, obwohl eine steife Brise aus West wehte. Die Aristocrat war das einzige Schiff, das jetzt auslief. Die zahlreichen Fischerboote hatten den Hafen bereits verlassen. Viele von ihnen waren in der Saint Aubins Bay hinter Elizabeth Castle unterwegs.

»An Deck«, meldete sich der Ausguck vom hintersten Mast, »Auf Elizabeth Castle wird ein Flaggensignal gehisst.«

Sofort nahm Henry du Valle sein Fernglas ans Auge. Tatsächlich! Außerhalb der Befestigung wehte ein Flaggensignal aus. Im Zwielicht der Dämmerung war es von der Aristicrat aus kaum zu lesen, doch Henry du Valle war sich ziemlich sicher, dass es sich um keins der Navy-Signale handelte.

»Das Signal ergibt keinen Sinn«, meinte auch Leutnant Crocker, »Und der Standort des Signalmastes erscheint mir sehr verdächtig.« Er wandte sich an die Ausguckposten in den Masten: »Gibt es auffällige Aktivitäten hinter Fort Elizabeth?«

»Aye Sir«, meldete sich der Ausguck vom vordersten Mast, »Eines der Fischerboote setzt Segel.«

»Welche Peilung?«

»Drei Strich achterlicher als querab in Steuerbord.«

Die Ferngläser fuhren herum und tatsächlich war ein Boot zu erkennen, das die Bucht in Richtung Saint Aubin überquerte. An eine Verfolgung war nicht zu denken, da zu viele Untiefen zwischen ihnen und dem Boot lagen.

»Damit scheint klar, dass wir auch diesmal wieder verraten sind. Wir wissen nur noch nicht, wer der Verräter ist«, sagte Leutnant Crocker.

»Was werden wir tun, Sir?« fragte Henry du Valle.

»Wir werden unsere Befehle wie geplant ausführen. Immerhin sind wir nun gewarnt und können uns auf eine Falle vorbereiten.«

Ihr Auftrag führte sie in die Nähe von Saint Malo. Um nicht vor der Zeit entdeckt zu werden, erwartete die Aristocrat die Dämmerung in sicherer Entfernung von der Küste und abseits der üblichen Seefahrtrouten nach Saint Malo. Mit der Dämmerung näherte sich der Lugger vorsichtig der Küste. Der Plan sah vor, dass sie in Sichtweite des Ufers warten sollten.

Die Wartezeit war nicht sehr lang. Es war noch nicht ganz dunkel, als ein Fischerboot die kleine Meeresbucht verließ und mit einer blauen Laterne im Bug die Aristocrat ansteuerte. Jetzt setzte auch die Aristocrat ihr Geheimsignal. Das Boot näherte sich, hart am Wind kreuzend dem Lugger. Im Bug stand ein ganz in schwarz gekleideter Mann, der einen Zylinder schwenkte.

Sobald das Fischerboot längsseits gegangen war, schwang er sich an Bord der Aristocrat. Henry du Valle erkannte in ihm den Mann, den er bei seinem ersten Einsatz von der Küste abgeholt hatte. Er grüßte ihn mit einem kurzen Antippen seines Zylinders.

»Henry du Valle, Midshipman, zu Ihren Diensten Sir.« Heute war der Spion besser aufgelegt. Er deutete eine leichte Verbeugung an. »Antoine Prejant, zu Ihren Diensten Monsieur.«

Henry du Valle geleitete ihn zu Leutnant Crocker. Hier verzichtete Preant auf jede Höflichkeit.

»Wir haben keine Zeit zu verlieren Captain Crocker. Vor zwei Stunden lief ein Boot in Saint Malo ein, das Nachrichten von Jersey brachte. Daraufhin gab der Gouverneur den Befehl an alle Freibeuter, sich sofort fertig zu Auslaufen zu machen. Ich bin davon überzeugt, dass dieser Befehl uns gilt.«

Leutnant Crocker war ein Mann schneller Entschlüsse. Er gab sofort den Befehl, alle Segel zu setzen und auf Kurs Nordost zu gehen. Es dauerte nur wenige Augenblicke, bis sich die Segel mit Wind füllten und Fahrt in den Lugger kam. Mittlerweile waren alle Flüchtlinge an Bord und das Fischerboot hatte sich entfernt. Es handelte sich um acht Personen, eine Familie mit vier Kindern und zwei allein reisende Damen, die nun alle unter Deck gebeten wurden, um die Arbeit an Deck nicht zu behindern.

»Ist es nicht erstaunlich, dass unser Fischerboot von gestern so viel später als wir vor Saint Malo war?« fragt Henry du Valle.

»Das ist natürlich unverschämtes Glück für uns«, antwortete Leutnant Crocker, »Vermutlich hatten sie unterwegs Probleme. Außerdem dürften sie einen Umweg genommen haben, um nicht doch noch von uns erwischt zu werden, denn wir haben den schnelleren Segler.«

Die Aristocrat steuerte die Chausey Inseln an. Diese gehörten im Gegensatz zu ihren nördlichen Nachbarn zu Frankreich, waren aber bis auf ein paar Fischer und Steinbrucharbeiter unbewohnt. Früher gab es hier eine Festung, die im Siebenjährigen Krieg zerstört worden war.

Hier wollte Leutnant Crocker die Nacht verbringen, da er damit rechnete, dass die französischen Freibeuter längst eine Abfanglinie zwischen Saint Malo und Jersey gebildet hatten. Wenn er aus Südosten kam, konnte er ihnen vermutlich aus dem Wege gehen. Allerdings war die Ansteuerung der Inseln nicht ganz ungefährlich, denn fast überall lauerten über und unter Wasser gefährliche Felsklippen. Hinzu kam ein extremer Tidenhub, der nirgends so groß war wie hier.

Es war aber eine helle Vollmondnacht, was die Navigation sehr erleichterte. Leutnant Crocker kannte die Inselgruppe ganz genau, weil sie ein beliebter Treffpunkt für Schmuggler und Spione war. Auch Henry du Valle waren die Inseln gut bekannt, denn der Granit von der Hauptinsel war auch auf Guernsey ein beliebtes

Baumaterial. In Friedenszeiten war er oft auf Schiffen seiner Familie hier gewesen.

Während sich die Aristocrat der Hauptinsel näherte, stand Henry du Valle am Bug, um nach gefährlichen Untiefen Ausschau zu halten. Immer wieder setzte er sein Fernrohr an, um die Peilung der wenigen Landmarken zu überprüfen.

»An Deck«, ertönte der gedämpfte Ruf des vordersten Ausgucks, »Schiff vor Anker, ein Strich Backbord voraus.«

Henry du Valle schaute in die angegebene Richtung. Der Ausguck musste verdammt gute Augen haben. Tatsächlich waren vor der dunklen Felsenküste die schemenhaften Umrisse eines Kutters zu erkennen. Leutnant Crocker kam nach vorn.

»Was halten Sie davon, Mr. du Valle?«

Henry du Valle zuckte mit den Schultern. »Es wird kein englisches Kriegsschiff sein. Unsere Kutter operieren viel weiter nördlich. Bliebe ein französischer Freibeuter oder Schmuggler. Wer kann das sagen, Sir.«

»Dann gehen wir auf Nummer sicher und nehmen an, dass es ein Freibeuter ist. Lassen Sie klar Schiff zum Gefecht machen, aber bitte ganz leise.«

Die Besatzung der Aristocrat war so erfahren und aufeinander eingespielt, dass die Gefechtsbereitschaft in aller Ruhe hergestellt wurde. Inzwischen behielt Henry du Valle den Kutter ganz genau im Auge.

»Sir, auf dem Kutter tut sich etwas. Ich glaube sie gehen Anker auf.«

Leutnant Crocker nickte. »Dann werden uns unsere hellen Segel verraten haben.«

Mittlerweile konnte man den Kutter mit bloßem Auge erkennen. Bewundernd sah Henry du Valle, wie rasch dessen Besatzung agierte. Innerhalb kürzester Zeit war der Anker aus dem Wasser, das Großsegel gesetzt und der Kutter nahm Fahrt auf.

Noch war die Aristocrat schneller, weshalb sie sich rasch näherte. Doch sie musste bald auf den anderen Bug gehen, um dem Kutter folgen zu können. Dieses Manöver nahm etwas Fahrt aus dem Lugger, so dass der Kutter seinen Vorsprung vergrößerte. Doch auf diesem Bug konnte die vorderste Steuerbordkanone als Jagdgeschütz eingesetzt werden.

Der Gunner kam persönlich in seinen Filzschuhen an Deck geschlurft. Er zielte sorgfältig und betätigte dann die Abzugleine. Die Kanone bellte auf und alle verfolgten gebannt die Flugbahn der Kanonenkugel. In diesem Moment schlug der Kutter einen kurzen Haken. Ohne dieses Ausweichmanöver hätte der Gunner einen Volltreffer erzielt. So landete die Kugel im Wasser und eine kleine Fontäne spritzte auf. Die Kanone wurde in aller Eile wieder geladen und der Gunner zielte erneut. Wieder feuerte er. Diesmal schlug die Kanone auf dem Achterdeck ein und schien einen hohen Blutzoll zu fordern. Die Schmerzensschreie der Verwundeten waren bis auf die Aristocrat zu hören.

Jetzt legte der Kutter Ruder und schlüpfte zwischen zwei kleinen Felsen hindurch. Diese Passage war Leutnant Crocker unbekannt und er wagte es nicht, dem Kutter blindlings zu folgen. Er blieb in der ihm bekannten Fahrrinne, was dem Kutter einen zusätzlichen Vorsprung verschaffte.

Dieser ließ die Inselgruppe hinter sich und nahm nun Kurs auf Saint Malo. Die Aristocrat folgte ihm. Bei gleichbleibendem Kurs hatte sie leichte Geschwindigkeitsvorteile, so dass sie sich dem Kutter langsam näherte. Dieser befand sich jedoch weit außerhalb der Schussweite der Kanonen. Die Verfolgungsjagd dauerte bis zum Morgengrauen. In der Ferne kam die Küste in Sicht. Die Felsen der Steilküste stiegen immer höher. Der Kutter hielt direkt auf die Küste zu. Dabei signalisierte er und gab einen Schuss nach Lee ab. Auf der Steilküste stieg eine Flagge empor.

Der Ausguck meldete: »An Deck, Küstenbatterie in Sicht. Sie scheinen, Kugeln zu erhitzen.«

Tatsächlich war in der Nähe des Flaggenmastes eine dünne Rauchwolke sichtbar.

»Ruder hart Steuerbord«, befahl Leutnant Crocker.

Die Aristocrat drehte nun auf einen Parallelkurs zur Küste. Der Kutter ging nun ebenfalls auf diesen Kurs und jagte dicht unter der Küste dahin.

Inzwischen war es taghell. Bald sollten die Türme von Saint Malo in Sicht kommen. Für Leutnant Crocker stand fest, diese Jagd war nicht mehr zu gewinnen. Er ließ die Aristocrat abdrehen und Kurs zurück in Richtung der Chausey Inseln nehmen.

»An Deck, drei, vier, nein sechs Segel voraus.«

Das mussten die Freibeuter aus Saint Malo sein. Sie waren in die Falle gegangen.

## 11

»Mr. du Valle, bitte entern sie auf und schauen sich die Bescherung einmal von oben an«, befahl Leutnant Crocker.

Henry du Valle kletterte auf den vorderen Mast und brachte sein Fernrohr in Anschlag. Man konnte es schon eine kleine Flotte nennen, was sich da im Morgennebel näherte. Er zählte ein Vollschiff[22], drei Briggs, einen Kutter und einen Lugger. Offenbar hatten die Korsaren aus Saint Malo ihre stärksten Kaperschiffe aufgeboten. Henry du Valle meldete seine Beobachtungen nach unten und enterte dann wieder ab.

Inzwischen ließen sich die Mastspitzen ihrer Gegner auch vom Deck aus erkennen. Der Master äußerte die Hoffnung, dass sich unter den gesichteten Schiffen auch eigene Blockadeschiffe befinden könnten.

»Nein, Mr. Wilkins«, widersprach Leutnant Crocker, »Dann würden wir Kanonendonner hören. Außerdem habe ich in Saint Helier gehört, dass man die Schiffe am Abend unseres Auslaufens zurückerwartete.«

Leutnant Crocker wog seine Alternativen ab. Eine direkte Flucht war nicht möglich, denn zur Küste blieb nur wenig Raum. Würde er auf Ostkurs gehen, könnten ihn die Franzosen vor den Untiefen der Bucht von Saint Michel einschließen. Außerdem drohten dort mehrere Küstenbatterien. Es blieb also nur die Flucht nach vorn, ein direkter Durchbruch der feindlichen Linie. Da die

---

[22] Segelschiff mit drei vollgetakelten Masten

Franzosen in Dwarslinie[23] segelten, käme man dabei nur in den Feuerbereich von zwei Schiffen und vielleicht noch ein paar Jagdgeschütze der anderen Gegner. Dieses Risiko war überschaubar.

»Mr. Wilkins«, befahl Leutnant Crocker dem neben der Ruderpinne stehenden Master, »Lassen Sie zwei Strich härter an den Wind gehen.«

Die bereits auf dem Backbordbug liegende Aristocrat neigte sich noch tiefer. Die Geschützmannschaften der Backbordbatterie wurden durch die Gischt nassgespritzt. Henry du Valle beobachtete, dass die beiden äußeren Schiffe leicht ausscherten. Offenbar rechneten sie mit einer plötzlichen Kursänderung der Aristocrat. Mit ihrem Manöver wollten sie die Aristocrat einschließen. Leutnant Crocker, der die Kursänderungen ebenfalls gesehen hatte, nickte zufrieden. Offensichtlich rechneten die Franzosen nicht mit einem Durchbruchversuch.

Die französische Linie war jetzt nur noch eine Seemeile entfernt. Jetzt schien es dem Befehlshaber der französischen Flottille klar geworden zu sein, dass die Aristocrat einen Durchbruch wagen würde. Von der in der Mitte segelnden Korvette[24] stieg eine ganze Folge hektischer Signale auf, die mit einem Kanonenschuss unterstrichen wurden. Zwischen der Korvette und dem an ihrer Steuerbordseite fahrenden Kutter vergrößerte sich die Lücke sichtbar. Tat sich hier ein Fluchtweg auf?

---

[23] nebeneinander
[24] kleines als Vollschiff getakeltes Kriegsschiff

Henry du Valle sah es und meldete an Leutnant Crocker: »Sir, die Korvette und der Kutter driften auseinander. Sie scheinen Probleme zu haben, ihre Position zu halten.«

»Nein, Mr. du Valle«, lachte Leutnant Crocker, »Das ist ein vergiftetes Geschenk. Die Franzosen laden uns ein, diesen Weg zu nehmen. Sehen Sie die Brigg neben dem Kutter? Sie fällt leicht zurück und wird in wenigen Minuten in der Kiellinie des Kutters fahren.«

Tatsächlich machte die Brigg den Eindruck, als hätte sie Probleme mit einem ihrer Segel. Diese Männer waren nicht nur gute Seeleute, sie waren auch gute Schauspieler.

Jetzt war es für die Aristocrat an der Zeit, die Karten auf den Tisch zu legen.

»Achtung, beide Batterien fertig machen zum Feuern«, rief Leutnant Crocker, »Mr. Wilkins lassen Sie drei Strich abfallen.«

Während die Aristocrat nach Steuerbord drehte, wanderte die Korvette vor ihnen nach Backbord aus. Die Lücke zwischen der Korvette und der Brigg an ihrer Backbordseite betrug nur wenige Kabellängen. Diese Lücke steuerte die Aristocrat nun an. Henry du Valle sah, wie auf dem überfüllten Deck der Korvette Stückmannschaften nach Backbord hasteten. Offensichtlich hatte die Korvette zwar viele Enterer, jedoch nur wenige Artilleristen an Bord.

Die ersten Schüsse wurden von der Brigg abgegeben. Sie hatte ihre vorderen Steuerbordgeschütze abgefeuert. Eine Kugel versank in Kielwasser, die andere Kugel traf den Steuerbordanker der Aristocrat.

»Feuern nach Belieben«, befahl Leutnant Crocker.

Henry du Valle und John Wilkins liefen an ihren Geschützreihen entlang, zielten und feuerten. Die kulminierte Geschwindigkeit der französischen Schiffe und der Aristocrat ließen den Lugger förmlich durch die Feindlinie fliegen. Henry du Valles Batterie feuerte auf die Korvette. Fast jeder Schuss saß und richtete auf dem Deck der Korvette ein gewaltiges Chaos an. Etliche Kanonen wurden umgerissen und ein Glückstreffer kappte den Fockmast in ungefähr zwei Metern Höhe. Auch John Wilkins erzielte mit der Steuerbordbatterie einige Wirkungstreffer. Wunderbarerweise flogen die Kugeln der Franzosen vollkommen harmlos durch das Rigg. Keine einzige Kugel traf. Leutnant Crocker konnte sein Glück kaum fassen. Er hatte hoch gepokert und gewonnen.

An Bord der Aristocrat brandete Jubel auf. Noch vor wenigen Minuten hatte allen Tod oder Gefangenschaft vor Augen gestanden und jetzt lag vor ihnen die offene Bucht. Leutnant Crock blickte mit seinem Teleskop zurück. Bei der Korvette handelte es sich um die Societé Populaire. Mit den schweren Wirkungstreffern war sie aus dem Rennen. Sie würde zurück nach Saint Malo humpeln und dort ihre Wunden lecken. Im Heck der Brigg las Leutnant Crocker den Namen Dilligence. An Bord der Dilligence hatte es offenbar hauptsächlich Personenschäden gegeben. Die

Brigg bereitete sich offensichtlich auf eine Wende vor. Sie hatte das Rennen noch nicht aufgegeben.

Schon während die Aristocrat die Linie durchbrach, waren die restlichen vier Schiffe auf Gegenkurs gegangen. Bis auf den Lugger befanden sich alle Schiffe bereits auf Gegenkurs. Lugger waren halt nicht für rasche Wendungen gebaut. Leutnant Crocker kannte das auch von seiner Aristocrat.

Zu dem neben ihm stehenden Henry du Valle sagte er: »Schauen Sie sich das an, was die Franzosen da bieten. Das ist Seemannschaft vom Feinsten. Wir wollen Gott danken, dass sie nicht halb so gute Kanoniere sind.« »Amen«, antwortete Henry du Valle aus voller Überzeugung.

Hart am Wind segelnd stürmte die Aristocrat in Richtung der bretonischen Küste. Dabei konnte nur der französische Lugger mithalten. Die anderen Schiffe fielen immer weiter zurück. Als die bretonische Küste in Sicht kam, ließ Leutnant Crock direkten Kurs auf Jersey nehmen. Durch diese Richtungsänderung konnte der französische Lugger deutlich aufholen.

Henry du Valle sah drei helle lichtblitze an Bord des Luggers. »Sir, die Franzosen haben das Feuer wieder eröffnet«, meldete er.

Leutnant Crocker nickte. »Vierundzwanzigpfünder würde ich sagen.«

Die Schüsse lagen rund eine halbe Kabellänge zu kurz. Für Leutnant Crocker ergab es keinen Sinn, das Feuer zu erwidern. Wenn die Distanz schon für diese schweren

Geschütze zu weit war, hatte er mit seinen kleinen Kanonen keine Chance.

Jetzt musste auch der Franzose den Kurs ändern und er fiel wieder auf die alte Entfernung zurück. Von den anderen Schiffen war inzwischen kaum noch etwas zu sehen. Die Verfolgung ging weiter, doch es wurde immer deutlicher, dass ihnen die Franzosen nur noch dann gefährlich werden konnten, wenn sie ein Problem mit ihrem Rigg bekamen.

Leutnant Crocker ließ von Gefechtsstation wegtreten und beauftragte den Bootsmann, die Takelage genau auf etwaige Schäden zu untersuchen. Doch tatsächlich hatte der Lugger das kurze Gefecht ohne jeden Schaden überstanden, sah man einmal vom Steuerbordanker ab, der nur noch eine intakte Fluke hatte.

In der Abenddämmerung kam Jersey in Sicht. Leutnant Crocker ließ vor der Küste ankern. Mit einer völlig erschöpften Mannschaft, die seit dem Vorabend auf den Beinen war, wollte er das Einlaufen in Saint Helier nicht riskieren. Bis auf eine Ankerwache wurden alle in die Hängematten geschickt und auch Henry du Valle schlief sehr schnell ein.

## 12

Das Gefecht der Aristocrat mit den französischen Freibeutern blieb nicht unbemerkt. Sogar die Gazette im fernen London berichtete davon und so war es kein Wunder, dass Leutnant Crocker die Beförderung zum Commander erhielt und die Aristocrat verließ, um sein neues Kommando anzutreten. Für eine kurze Zeit hoffte der Master, dass Kommando über seinen Lugger wieder übernehmen zu können, doch letztendlich wurde, wie in der Royal Navy üblich, wieder ein Offizier zum Kommandanten der Aristocrat ernannt.

Leutnant Gosset stammte von der Insel Jersey. Sein Vater war der Viscount of Jersey, wobei es sich um keinen Adelstitel, sondern um ein öffentliches Amt handelte. Die Familie selbst gehörte zum normannischen Adel, war aber bereits über einhundert Jahre auf Jersey ansässig.

Henry du Valle kannte die Familie von vielen Besuchen auf deren stattlichen Landsitz Bagot Manor, nordwestlich von Saint Helier. Natürlich war ihm auch Leutnant Gosset gut bekannt, denn er war ein Freund seines Bruders. Allerdings ließ sich Leutnant Gosset diese Bekanntschaft im Dienst nicht anmerken. Da war er der korrekte und distanzierte Vorgesetzte, wie es die Tradition vorsah.

Der Kommandantenwechsel war nicht die einzige Veränderung. Inzwischen war die Aristocrat an der normannischen Küste so gut bekannt, dass es zu gefährlich wurde, den Lugger weiterhin für geheimdienstliche Operationen einzusetzen. Deshalb kreuzte die Aristocrat nur noch dann vor der Küste der Cotentin-Halbinsel, wenn es galt, von anderen Schiffen mit Geheimmissionen abzulenken. Stattdessen gehörte nun die Blockade der Korsarenhäfen und Patrouillenfahrten zum täglichen Geschäft.

Im Frühjahr des Jahres 1796 kreuzte die Aristocrat vor der bretonischen Küste, um den Schiffsverkehr zwischen Saint Malo und Brest, dem größten französischen Kriegshafen zu unterbinden. Trotz der beharrlichen Blockade der französischen Küste durch die Royal Navy setzten die Franzosen weiterhin auf den Seetransport, da das schlechte Straßennetz der Bretagne den Landtransport extrem schwierig machte. Die Aristocrat war nicht allein. Gerade noch in Sichtweite kreuzte die Brigg Liberty (16) unter dem Kommando von Leutnant M'Kinley auf demselben Kurs.

Henry du Valle hatte soeben seine Wache von John Wilkins übernommen und stand nun auf dem Achterdeck neben dem Rudergänger. Es war ein sonniger Tag mit einer konstanten Briese aus West, gegen die Aristocrat und Liberty in langen Schlägen kreuzen mussten. Die bretonische Küste blieb dabei immer ein vager Schatten an Backbord.

»An Deck«, meldete der hintere Ausguck, »Liberty signalisiert.«

Henry du Valle nahm sein Fernrohr zur Hand. Leutnant M'Kinley hatte das Signal »Vorbereiten zum Kurswechsel« gesetzt. Er war der dienstältere[25] der beiden Leutnants und hatte somit den Oberbefehl über den kleinen Verband.

---

[25] Bei gleichrangigen Offizieren richtete sich ihre Rangfolge nach dem Datum ihrer Beförderung.

Davon machte er reichlich Gebrauch indem er fast ununterbrochen signalisierte.

Der Master hatte schon gelästert, dass die Nachrichtenkladde durch die häufigen Signale nach einer Woche schon umfangreicher war als bei Lord Ansons Weltumsegelung.

»Wache, bereit zum Kurswechsel auf Backbordbug«, befahl Henry du Valle.

Die Matrosen liefen auf ihre Stationen, während er die Liberty im Auge behielt. Das Ausführungssignal kam ziemlich rasch, was eine weitere Marotte von Leutnant M'Kinley war. Damit setzte er die Aristocrat unter Druck um sich anschließend über die zögerliche Befehlsausführung zu beschweren. Doch diesmal war der Kurswechsel längst überfällig gewesen, so dass die Aristocrat nicht unvorbereitet war. Unmittelbar nach dem Ausführungssignal schwang der Lugger herum und ging parallel zur Liberty auf den neuen Kurs.

»An Deck«, meldete der Ausguck, »Liberty signalisiert.«

Henry du Valle setzte das Fernrohr an und las: »Gut gemacht.«

Leutnant Gosset, der an Deck gekommen war, um den Kurswechsel zu beobachten, lachte. »Er muss sich einfach ständig mitteilen.«

Henry du Valle stand es natürlich nicht zu, das Verhalten eines Vorgesetzten zu kommentieren und so schmunzelte er nur vergnügt in sich hinein.

Auf dem gegenwärtigen Kurs liefen die Schiffe auf die bretonische Küste zu, die hier vor allem durch felsige Steilküsten geprägt war. Vereinzelt schnitten sich kleine Buchten in die Felsen ein, in denen sich Fischerdörfer und kleine Häfen befanden. Ab und zu konnte man kleine Fischerboote sehen, die aber unbehelligt blieben.

»An Deck«, meldete sich der vordere Ausguck, »Segel in Sicht, ein Strich Backbord.«

Leutnant Gosset eilte sofort an Deck. »Mr. du Valle, schauen sie sich die Segel bitte genauer an, Signalgast melden sie der Liberty Segel in Sicht.«

Henry du Valle enterte auf. Tatsächlich, sie liefen fast direkt auf einen Konvoi zu.

»An Deck«, meldete er, »Ich sehe neun Segelschiffe, davon mindestens ein Kriegsschiff.«

Jetzt schien der Konvoi die beiden Kriegsschiffe bemerkt zu haben, denn er wechselte seinen Kurs und strebte der Küste zu. Dadurch konnte Henry du Valle die einzelnen Schiffe genauer sehen. Zwischen ihnen und dem restlichen Konvoi segelte ein dreimastiges Kriegsschiff, eine kleine Fregatte oder eine Korvette, wie die Franzosen diesen Schiffstyp nannten. Außerdem schienen zwei Lugger zur Eskorte des Konvois zu gehören. Der Konvoi selbst bestand aus vier tief beladenen Briggs und zwei kleinen Küstenseglern.

Nachdem er seine Beobachtung gemeldet hatte, enterte er wieder ab und nahm seinen Platz auf der Leeseite des

Achterdecks ein. Immerhin war er ja noch immer der Wachhabende.

Diesmal ließ sich Leutnant M'Kinley mit seiner Antwort Zeit. Als sie endlich kam, hörte man bereits die Trommel an Bord der Liberty. Sie rief die Mannschaft auf ihre Gefechtsstationen. Henry du Valle brauchte kein Fernrohr, um das Signal lesen zu können. »Wir greifen an.«

# 13

Als der französische Konvoi in Sicht kam, nahm er gerade Kurs auf Kap Fréhel, hinter dem die Ansteuerung auf Saint Malo lag. Mit etwas mehr Mut hätte er den Durchbruch wagen können und wäre dann in Sicherheit gewesen. Doch der französische Kommodore war lieber auf Nummer Sicher gegangen und ließ sich nun gen Westen abdrängen, was den Konvoi ebenso zum Kreuzen zwang, wie seine Verfolger. Dabei konnten die britischen Schiffe zwar Boden gut machen, doch sie kamen nicht auf Schussweite heran.

Leutnant Gosset stand mit dem Master auf dem Achterdeck. Sie hatten eine Landkarte auf dem Dach des Niederganges ausgebreitet, die sie intensiv studierten.

»Ich gehe jede Wette ein, dass sie nach Herquy wollen«, meinte Leutnant Gosset.

Master Henry Wilkins nickte zustimmend. »Das glaube ich auch, Sir, obwohl die Einfahrt in den Hafen nicht ganz leicht ist, aber bis zum nächsten Schutzhafen ist es einfach viel zu weit.«

»Kennen Sie Herquy, Master?«

»Ja, im Frieden bin ich mal vor einem Sturm dort hinein geflohen und hätte mir an dem Riff in der Einfahrt fast den Rumpf aufgerissen. Zum Glück hatte ich einen Bretonen an Bord, der mich rechtzeitig warnte.«

Es war später Nachmittag, als die Franzosen ein kleines Kap umrundeten. Aristocrat und Liberty folgten ihnen. Hinter dem Kap öffnete sich eine schmale Bucht, die durch eine Mole zusätzlich geschützt war. Die Bucht war von Bergen umgeben, lief aber an ihrem Ende in einen Sandstrand aus. Erst hinter diesem Strand, auf dem einige Fischerhütten standen, stieg das Gelände ebenfalls an.

Leutnant Gosset musterte den Hafen durch sein Fernglas. Dann fragte er den neben ihm stehenden Master: »War der Hafen zu ihrer Zeit durch irgendwelche Batterien geschützt?«

»Ja Sir, es gab zwei kleine Batterien. Die kleinere besteht aus einem einzelnen Vierundzwanzigpfünder oberhalb der Mole. Fast genau gegenüber auf der anderen Seite der Hafeneinfahrt befand sich eine weitere Batterie mit zwei Vierundzwanzigpfündern, aber wie ich jetzt sehe, befindet sich darüber jetzt noch ein weiteres Geschütz.« »Ich sehe sie ebenfalls«, bestätigte Leutnant Gosset, »Besonders die große Batterie wird uns viel Kopfzerbrechen bereiten.«

»An Deck«, meldete sich in diesem Moment der vordere Ausguck, »Liberty signalisiert.«

Henry du Valle setzte das Fernglas an und meldete nach einem kurzen Blick ins Signalbuch: »Kommen sie längsseits.«

Die Aristocrat fiel etwas vom Wind ab und näherte sich der Liberty. Diese hatte inzwischen ein weiteres Signal gesetzt. »Kommandant an Bord kommen«. Henry du Valle ließ die Jolle aussetzen und nahm im Heck Platz. Sobald Leutnant Gosset an Bord der Jolle war, ließ er abstoßen und die Jolle erreichte mit wenigen Ruderschlägen die Liberty, wo Leutnant Gosset mit den Pfeifen der Bootsmannsmaate empfangen wurde.

Leutnant M'Kinley begrüßte ihn und geleitete ihn anschließend unter Deck in die vergleichsweise geräumige Heckkajüte, die durch vier kleine Fenster und ein Oberlicht erhellt wurde. Unter den Fenstern befand sich eine Bank, die sich über die gesamte Breite des Hecks erstreckte. Davor standen ein kleiner Tisch und zwei Stühle. Die Kajüte wurde von zwei Kanonen begrenzt, hinter denen sich die Wände der Schlafkammer und der Tageskajüte befanden.

Leutnant Gosset sah sich anerkennend um. »Schön haben sie es hier Mr. M'Kinley, das ist doch etwas ganz Anderes als so ein kleiner Lugger.«

Leutnant M'Kinley nickte zustimmend und erwiderte: »Vielen Dank, aber dafür habe ich sie nicht zu mir an Bord gebeten. Wie schätzen sie die Befestigung von Port Herquy ein?«

»Das wird eine harte Nuss. Vier Vierundzwanzigpfünder können unsere Schiffe ganz schnell zu Kleinholz verarbeiten.«

»Ja, wenn die französischen Artilleristen ihr Handwerk verstehen und den Hafen kennen.«

»Davon gehe ich aus, denn unser Master hat drei der vier Kanonen bereits vor Jahren hier im Hafen gesehen.«

»Master Wilkins kennt den Hafen?«

»Ja und er hat mich auch vor den Riffen in der Hafeneinfahrt gewarnt.«

»Dann bleibt uns nichts weiter übrig, als den Hafen aus sicherer Entfernung zu blockieren und auf Verstärkung zu warten. Ihr Mr. du Valle ist doch ein erfahrener Segler, der die Gegend ebenfalls kennt. Schicken sie ihn mit der Jolle in Richtung Kanal los. Vielleicht findet er ja ein größeres Kriegsschiff, dass den hiesigen Hafenbatterien gewachsen ist.«

Leutnant Gosset kehrte auf die Aristocrat zurück, nachdem er mit Leutnant M'Kinley, wie es die Tradition vorsah, eine Flasche Rotwein geleert hatte. Bereits auf der Überfahrt instruierte er Henry du Valle, der den Auftrag liebend gern annahm. Bei der Aristocrat angekommen befahl Henry du Valle dem Bootssteuerer Pew, die Jolle mit Proviant, Wasser und auch einem kleinen Fässchen Rum auszustatten. Sobald alle Vorbereitungen abgeschlossen waren, verabschiedete er sich von Leutnant Gosset und ließ wieder zur Liberty rudern, wo ihm seine schriftlichen Befehle ausgehändigt wurden. Dann ließ er den Segelmast aufrichten, das kleine Segel setzen und verließ die Bucht in nördlicher Richtung.

In der Abenddämmerung drehte der Wind auf Südwest, was Henry du Valle das Segeln sehr erleichterte. Die Jolle machte gute Fahrt. Henry du Valle hielt sich dicht unter der Küste, so dass er die wichtigsten Landmarken auch in der Nacht gut erkennen konnte. Der hiesige Küstenabschnitt war nur sehr dünn besiedelt, doch von Zeit zu Zeit leuchteten vom Ufer her die Wachfeuer der Küstenbatterien, die kleine Fischerhäfen beschützten. So kannte Henry du Valle jederzeit seine Position und konnte den gefährlichen Riffen vor der Küste ausweichen.

Am Morgen drehte er kurz bei und die Besatzung der Jolle nahm gemeinsam das Frühstück aus Schiffszwieback, etwas Schinken und einem Schluck Rum ein. Dann ging die Jolle wieder auf Kurs. Sie hatten nun fast die Brehat Inseln erreicht, hinter denen das Patrouillengebiet der Kanalflotte begann. Zugleich bekamen sie hier einen Vorgeschmack auf den rauen Seegang des Atlantiks, dessen Brecher gegen die Nordküste der Inseln donnerten.

Die beste Chance auf einen Kontakt zur Kanalflotte rechnete sich Henry du Valle in Richtung Brest aus, denn dort hatten die Franzosen ihren größten Kriegshafen an der Atlantikküste, weshalb er von der Royal Navy seit Kriegsausbruch blockiert wurde. Um dorthin zu gelangen, hieß es nun, gegen den Wind zu kreuzen, was bei den immer höher werdenden Wellen kein Vergnügen war. Innerhalb kürzester Zeit waren alle an Bord der Jolle nass. Gegen Mittag kam ein Segel in Sicht, aber Pew war fest davon überzeugt, dass es sich um ein französisches Schiff handelte. Die Jolle wich deshalb etwas nach Norden aus, ohne von dem anderen Schiff bemerkt zu werden, dass offenbar auf dem Weg in Richtung Cherbourg war. Tatsächlich konnte Henry du Valle am Besanmast des Schiffes die Trikolore erkennen.

Der Tag verging und es wurde wieder Nacht, ohne das weitere Schiffe gesichtet wurden. In dieser Nacht ließ Henry du Valle die Jolle beidrehen, um seinen Männern so eine halbwegs ruhige und trockene Nachtruhe zu ermöglichen. Er selbst nickte nur kurz ein, war aber ansonsten zu aufgeregt, um wirklich Ruhe finden zu können. In der Morgendämmerung entdeckte er am Horizont ein fernes Toppsegel, dass von der aufgehenden

Sonne angestrahlt wurde und die Sonnenstrahlen fast wie ein Spiegel reflektierte. Vorsichtig kreuzte die Jolle zu dem Segel auf. Es musste sich um ein englisches Kriegsschiff handeln, denn nach Henry du Valles Überzeugung ließen nur Kapitäne der Royal Navy die Toppsegel auch nachts stehen, während sie von Handelsschiffskapitänen und Franzosen zur Nacht geborgen wurden.

Als das fremde Schiff mit bloßen Augen gesehen werden konnte, war klar, dass er sich nicht geirrt hatte. Es handelte sich um eine englische Fregatte. Henry du Valle ließ das Erkennungssignal der Aristocrat setzen und wartete darauf, von der Fregatte entdeckt zu werden. Das dauerte allerdings noch eine ganze Weile, denn offensichtlich war es dem Ausguck zu anstrengend, die See gegen die aufgehende Sonne zu beobachten. Vielleicht war er ja auch von Vorgängen an Deck seines Schiffes abgelenkt. Die Jolle befand sich fast schon in Rufweite, als sich an Bord der Fregatte, bei der es sich nach einhelliger Meinung der Jollenbesatzung um die Diamond (38) handelte, die im vorletzten Jahr in Deptford vom Stapel gelaufen war, endlich etwas tat.

»Jolle ahoi«, wurden sie vom Achterdeck der Fregatte angepreit, »Wer sind sie und wohin wollen sie?«

»Midshipman Henry du Valle von seiner Majestät bewaffneten Lugger Aristocrat. Wir sind auf der Suche nach einem Schiff der Royal Navy«, antwortete Henry du Valle.

»Das haben sie ja nun gefunden«, entgegnete die Stimme vom Achterdeck, »Gehen sie längsseits und kommen sie an Bord.«

Die Jolle drehte auf den Kurs der Fregatte ein, schor näher heran und ging schließlich längsseits. Da sie sich im Lee der Fregatte befand, war die See einigermaßen ruhig und Henry du Valle kam ohne Probleme an Bord. Dort wurde er von einem hochgewachsenen, extrem schlanken Leutnant empfangen, der sich als Leutnant Pine vorstellte.

»Sir Sidney Smith erwartet sie in seiner Kajüte, Mr. du Valle. Ich werden sie nach unten geleiten.«

Henry du Valle folgte dem Leutnant bis in die prächtige Heckkajüte der Diamond, wo sie Sir Sidney Smith an seinem Schreibtisch erwartete. Sir Sidney Smith war ebenso schlank wie sein Leutnant, jedoch deutlich kleiner und wirkte dadurch fast zierlich. Trotzdem ging eine ungeheure Energie von ihm aus.

Was bringen sie, Mr. du Valle?« fragte er.

»Eine Nachricht von Leutnant M'Kinley, Kommandant der Brigg Liberty.«

Sir Sidney Smith nahm das Schreiben entgegen, erbrach das Siegel und faltete das Blatt auseinander. Nachdem er die Nachricht gelesen hatte, sagte er: »Dieser Konvoi ist uns vor einigen Tagen bei schlechter Sicht entwischt. Jetzt holen wir ihn uns. Leutnant Pine, lassen sie den Master einen Kurs nach Port Herquy abstecken.«

# 14

Am Morgen des nächsten Tages erreichte Diamond Herquy. Aristocrat und Liberty kreuzten außerhalb der Reichweite der Hafenbatterien. Sir Sidney Smith bat die Kommandanten zu sich an Bord. Leutnant Gosset brachte den Master mit.

Die beiden Leutnants und der Master wurden von Sir Sidney persönlich begrüßt. Nachdem die gegenseitige Vorstellung beendet war, geleitete Sir Sidney seine Gäste in die Kajüte.

»Vielen Dank, Gentlemen, dass sie meiner Einladung gefolgt sind«, begann er, »Mr. du Valle hat mich grob über die Lage informiert. Mir ist natürlich klar, dass sie und ihre Schiffe Kommodore d'Auvergne unterstehen und ich ihnen gegenüber somit keine Befehlsgewalt habe, aber es würde mich freuen, beim Angriff auf Port Herquy auf ihre Unterstützung rechnen zu dürfen.«

»Sir, ich spreche nicht nur für mich, sondern auch für Leutnant Gosset, wenn ich sie unserer vollsten Unterstützung versichere«, antwortete Leutnant M'Kinley.« »Vielen Dank, ich habe von ihnen keine andere Antwort erwartet. Lassen sie uns sofort in medias res gehen, denn jede Minute, die wir verlieren nutzt den Franzosen beim Ausbau ihrer Verteidigungsanlagen. Was können sie zu den Hafenbatterien sagen, Leutnant M'Kinley?« »Es handelt sich um zwei Batterien mit insgesamt vier Vierundzwanzigpfündern. Direkt über der Mole steht ein einzelner Vierundzwanzigpfünder. Auf der anderen Seite der Hafeneinfahrt hat man die andere Batterie in die Steilküste gebaut. Hier stehen zwei

Vierundzwanzigpfünder auf der unteren Ebene und ein weiterer Vierundzwanzigpfünder muss erst kürzlich darüber installiert worden sein. Dort kann man noch Bauarbeiten beobachten.«, berichtete Leutnant M'Kinley.

»Und wie gestaltet sich die Einfahrt in den Hafen?« fragte Sir Sidney Smith.

»Sehr kompliziert«, meldete sich Leutnant Gosset zu Wort, »Glücklicherweise kennt mein Master, Mr. Wilkins den Hafen.«

»Sehr gut, dann sind sie mein Mann Mr. Wilkins.« »Danke Sir«, antwortete Henry Wilkins, »Die Besonderheit ist die extrem schmale Fahrtrinne, die direkt an der Mole verläuft. Erst fünfzig Meter hinter der Hafeneinfahrt verbreitert sich die Fahrtrinne dann zum Hafenbecken. Die Fahrtrinne wird durch Felsenriffe begrenzt, die am Hafenbecken enden. Das Hafenbecken ist von einem Sandstrand umgeben.«

»Danke Mr. Wilkins, es sieht also ganz danach aus, dass die Franzosen versuchen werden, ihre Schiffe auf den Strand zu ziehen. Damit ist ausgeschlossen, sie als Prise zu nehmen. Bleibt also nur die Zerstörung aller Schiffe. Hier ist mein Plan. Wir laufen unter Führung der Diamond in den Hafen ein und versuchen, die Hafenbatterien mit unserem Artilleriefeuer nieder zu kämpfen. Sollte das misslingen, setzen wir ein Landkommando, bestehend aus meinen Marines[26] und Landungsteams aller drei Schiffe ab.

---

[26] Marineinfanteristen

Das Kommando hat Mr. Pine, mein erster Leutnant. Sein Stellvertreter ist Leutnant Carter von den Marines.«

Nachdem Mr. Wilkins noch Karten der Hafeneinfahrt und des Hafens verteilt hatte, war die Besprechung beendet und alle kehrten zurück auf ihre Schiffe. Henry du Valle war bereits vorher zur Aristocrat übergesetzt. Kaum waren alle an Bord, befahl Sir Sidney Smith die Formierung einer Gefechtslinie. Leutnant Gosset hatte gerade noch Zeit, Henry du Valle zum Führer des Landungskommandos der Aristocrat zu ernennen. Er bekam sechs Seeleute zugeteilt, die mit der Jolle an der eventuellen Landung teilnehmen sollten. Dann hieß es schon klar Schiff zum Gefecht und alle nahmen ihre Gefechtspositionen ein.

Die kleine Armada näherte sich dem Hafen unter vollen Segeln, um die Annäherung möglichst rasch zu vollziehen. Deshalb konnten die Hafenbatterien auch nur eine Salve abfeuern, ehe die Schiffsgeschütze, die aufgrund ihrer niedrigeren Position eine erheblich geringere Reichweite hatten, antworten konnten. Zunächst erwiderte nur die Diamond das Feuer, ohne jedoch Wirkung zu erzielen. Etwas später feuerten auch Aristocrat und Liberty, deren Erbsenschleudern noch viel weniger bewirken konnten. Doch immerhin steigerten ihre Salven den Kampfesmut an Bord der kleinen Schiffe.

Das Feuer der Hafenbatterien konzentrierte sich auf die Diamond, in deren Deckung Liberty und Aristocrat segelten. Die Diamond näherte sich nach beiden Seiten feuernd der Hafeneinfahrt, wobei sie zunächst jeweils nur die vier vorderen Kanonen einsetzen konnte.

Mit der vierten Salve gelang der Backbordbatterie ein Volltreffer. Gleich mehrere Kugeln trafen die Molenbatterie. Deren Kanone wurde umgeworfen und somit zum Schweigen gebracht.

Die andere Batterie stand so weit oben, dass sie mit zunehmender Annäherung kaum noch erreicht werden konnte, was das Gefecht zu einer recht einseitigen Angelegenheit werden ließ. Lediglich die oberste Kanone musste ebenfalls das Feuer einstellen, weil sie ab einem bestimmten Punkt nicht mehr über die unteren Kanonen hinweg schießen konnte.

Das Flaggensignal zum Absetzen der Landungstruppen kam somit nicht unerwartet, denn nur sie waren noch in der Lage, dem Gefecht eine Wendung zugunsten der Briten zu geben.

Henry du Valle sprang in die Jolle, die man in weiser Voraussicht in Schlepp genommen hatte, um die Zeit des Aussetzens zu sparen. Mit kräftigen Ruderschlägen schlossen sie erst zur Jolle der Liberty und schließlich zu den Booten der Diamond auf. Den kleinen Booten konnten die Riffe selbst bei Ebbe nicht gefährlich werden und so blieben sie dicht unter der Steilküste von den feindlichen Kanonen unbehelligt. Allerdings wurden sie von den im Hafen liegenden Schiffen aus beschossen, wenn auch nur mit Musketen. Offenbar hatte man Angst, bei einem Fehlschuss der Schiffsgeschütze die am anderen Ufer liegenden Häuser zu zerstören.

Obwohl heftiges Musketenfeuer auf die Ruderer niederprasselte, blieben alle wie durch ein Wunder unverletzt und erreichten vollzählig den Strand. Die Landungstruppe setzte sich aus fünfunddreißig Marines, vierzig Seeleuten von der Diamond und jeweils sieben Seeleuten der Liberty und der Aristocrat, also insgesamt neunundachtzig Mann zusammen.

Die Seesoldaten formierten sich sofort zu einer Marschkolonne der sich die Seeleute anschlossen. An der Spitze befanden sich Leutnant Pine, Leutnant Carter und Henry du Valle. Hinter den Fischerhütten bog eine kleine Schotterstraße nach rechts ab und führte hinauf zur Batterie.

Auf dieser Straße und von der Molenbatterie her näherten sich zwei Marschkolonnen, die beide jeweils Kompaniestärke hatten. Der Plan, die verbliebene Batterie im kühnen Sturmangriff über die Versorgungsstraße zu erobern, war somit hinfällig geworden.

Beide Marschkolonnen formierten sich zu Pelotons und eröffneten das Feuer auf die Landungstruppen. Hier blieb nur noch der geordnete Rückzug. In bester Ordnung zogen sich die Briten in ihre Boote zurück und entfernten sich von Strand. Zwei Seeleute wurden von Kugeln getroffen und verletzt.

Henry du Valle ließ die Jolle zu Leutnant Pines Kutter aufschließen.

»Sir, vor der Hafeneinfahrt habe ich einen kleinen Fußpfad gesehen, der hinauf zur Batterie führt. Vielleicht können wir die Franzosen auf diesem Weg überraschen.«

Leutnant Pine warf einen prüfenden Blick auf die Karte. Der Pfad war darauf nicht eingezeichnet. »Können sie mir den Pfad auf der Karte zeigen, Mr. du Valle?«

Die Jolle kam kurz längsseits und Henry du Valle kletterte in den Kutter. Er nahm die Karte und zeigte, wo er den kleinen Weg gesehen hatte. Leutnant Pine überlegte. Die Versorgungsstraße schlängelte sich in mehreren Serpentinen den Berg hinauf und beschrieb dann einen weiten Bogen, ehe sie die Batterie erreichte. Der direkte Weg musste sehr seil sein, war aber nur wenige hundert Meter lang. Mit ein wenig Glück hatten sie eine Chance. Es war nur eine kleine Chance, aber immerhin eine Chance.

Bald waren die britischen Schiffe erreicht und Leutnant Pine teilte seinen Entschluss Sir Sidney Smith mit. Natürlich war er einverstanden, denn ohne einen Erfolg der Landungstruppen war der ganze Angriff zum Scheitern verurteilt.

Sir Sidney Smith wusste, dass er nicht nur Freunde in der Admiralität hatte. Während er für die schwedische Marine kämpfte, hatten andere britische Offiziere hohe Positionen auf der russischen Seite inne. Nach dem Krieg brachten sie ihre Feindschaft mit nach Hause und sein Adelstitel war ihnen ein ganz besonderer Dorn im Auge, war er ihm doch vom schwedischen König verliehen worden.

Die Boote verließen den Hafen und wandten sich nach Backbord. Tatsächlich befand sich dort ein schmaler Pfad, der nach oben führte. Unten mündete der Pfad in einen schmalen Bootssteg, an dem ein kleines Ruderboot vertäut war. Offenbar unternahm der Kommandant der Batterie damit kleine Angeltouren, um sich den Dienst in dieser tristen Gegend etwas angenehmer zu gestalten. Henry du Valle hatte zwar den Pfad von Bord der Aristocrat aus entdeckt, der Steg war aber hinter einem Felsen versteckt gewesen.

»Das nenne ich Glück«, sagte Leutnant Pine, als er den Steg erblickte, »Besser hätten wir es kaum treffen können.

Die Boote ineinander vertäuen und dann zum Steg vorrücken. Mr. du Valle, sie haben die Ehre, uns zu führen.«

Henry du Valle kletterte auf den Steg und lief, gefolgt von Leutnant Pine zum Pfad. Aus der Nähe betrachtet präsentierte dieser sich in einem viel besseren Zustand als ursprünglich vermutet. Er war zwar schmal, aber gut ausgebaut. An besonders steilen Abschnitten hatte man Stufen in den Felsen gehauen. So kam die Landungstruppe gut voran, wobei die wenig marscherprobten Seeleute bald etwas zurückblieben.

Auch Henry du Valle war ziemlich außer Atem, als er endlich die letzte Treppe erreichte, die direkt auf eine Art Bastion führte, auf der sich die unteren Kanonen befanden. Auf dem Treppenabsatz unterhalb dieser Treppe hielten sie kurz inne, um die Nachzügler aufschließen zu lassen.

Leutnant Pine zog seinen Degen und rief: »Vorwärts, mir nach! Hurra!«

Unter lautem Hurra stürmte die Landungstruppe die Treppe hinauf. Ganz vorn liefen neben den Offizieren die Marines, die sofort eine Angriffsformation bildeten und voran stürmten.

Bei den Kanonen befanden sich nur einige Artilleristen, die nur ihre Seitengewehre zur Hand hatten und so gegen die Schusswaffen der Angreifer nicht bestehen konnten. Das sahen sie ebenso und wandten sich konsequenterweise zur Flucht. Einige von ihnen verschanzten sich im Pulvermagazin.

Ein Geschützmeistermaat, der die Landungstruppe begleitet hatte, machte sich sofort daran, die Kanonen zu vernageln. In der Ferne hörte man bereits die Trommeln der Wachmannschaft, die vom Hafen zurückkehrte.

Von der unteren Bastion führte eine breite Rampe hinauf zur oberen Bastion. Henry du Valle stürmte mit einigen Seeleuten hinauf, doch das Geschütz war verlassen. Seine Bedienung hatte, als es nicht mehr eingesetzt werden konnte, bei den unteren Kanonen ausgeholfen. Über dem verlassenen Geschütz wehte eine Trikolore, die Henry du Valle einholte. Als die Kanone ebenfalls vernagelt war, kehrten sie zurück zur unteren Bastion.

Hier übergab Henry du Valle die Trikolore an Leutnant Pine. »Ein kleines Andenken an Herquy, Sir«, sagte er dazu.

Die Trommeln der französischen Infanteristen kamen immer näher. Da sich der Platz nur schlecht verteidigen ließ, war es nun an der Zeit, den Rückzug anzutreten. Als die Franzosen die Bastion erreicht hatten, machte der Landungstrupp gerade seine Boote los und kehrte in den Hafen zurück.

# 15

Im Hafen war das Gefecht im vollen Gange. Die Diamond tauschte Salven mit der Korvette und einer Reihe kleinerer Schiffe aus, die Liberty duellierte sich mit einer Brigg und die Aristocrat, die am weitesten in den Hafen vorgedrungen war, lieferte sich einen heißen Tanz mit einem Lugger, der bereits halb auf den Strand gezogen war.

Die Boote der Landungstruppe sammelten sich im Feuerlee der Diamond und Leutnant Pine erstattete aus seinem Kutter heraus einen kurzen Bericht der Ereignisse auf der Geschützbastion.

Inzwischen hatte die Liberty die Kanonen der feindlichen Brigg zum Schweigen gebracht und sie näherte sich nun der Korvette, um deren Heck unter Feuer zu nehmen.

Sir Sidney Smith sah das und rief: »Leutnant Pine, gehen sie bei der Korvette längsseits und versuchen sie, sie zu entern! Wo ist Leutnant Carter?«

»Tot, Sir«, ließ sich eine Stimme aus dem Kutter vernehmen, »Als wir zurück in die Boote gingen, hat ihn eine verirrte Kugel erwischt und er ist gestorben.« »Schade um ihn, er war ein tapferer Mann«, antwortete Sir Sidney Smith.

Die Boote umrundeten nun die Diamond und strebten der Korvette zu. Diese hatte das Feuer eingestellt und die Liberty pumpte Breitseite um Breitseite in ihren geschundenen Rumpf. Dafür nahm das Musketenfeuer vom Strand her zu und mehrere Männer in den Booten wurden verwundet. Leutnant Pines Kutter und die Jolle der Aristocrat erreichten die Steuerbordseite der Korvette fast gleichzeitig.

Leutnant Pine zog seinen Degen und rief: »Vorwärts, mir nach! Holen wir uns eine schöne Prise.«

Er sprang in die Rüsten der Korvette und wollte sich über die Reling schwingen, aber hinter dieser tauchte plötzlich ein französischer Seemann mit einer Pistole auf, die er sofort abfeuerte. Wie von einer gewaltigen Faust getroffen flog Leutnant Pine zurück in den Kutter, wo er von den ihm nachfolgenden Männern aufgefangen und vorsichtig auf den Boden des Kutters gelegt wurde. Dann setzten die Männer ihren Angriff auf die Korvette fort.

Henry du Valle hatte die Korvette gleichzeitig mit Leutnant Pine geentert und sah, wie dieser zurück stürzte. Mit einem Hieb seines Degens streckte er den Schützen nieder und sah sich dann auf Deck um. Auf der Korvette gab es nur vereinzelten Widerstand, die meisten Seeleute waren längst ans rettende Ufer geflohen. Auf dem Achterdeck lag die Leiche eines Offiziers. Vermutlich handelte es sich um den Kommandanten, der bei einer der Salven der Liberty gefallen sein musste. Diese hatte inzwischen das Feuer eingestellt und kam näher an die Korvette heran, bei der es sich um die L'Etourdie handelte.

Da Henry du Valle im Moment der Ranghöchste an Bord der Korvette war, übernahm er das Kommando und versuchte, den Anker lichten zu lassen. Dabei fiel ihm auf, dass die Korvette immer tiefer absackte.

Pew, der Bootssteuerer kam einen Niedergang herauf und rief ihm zu: »Die Franzosen haben die Pulverkammer geflutet und zugleich Feuer gelegt! In ein paar Minuten wird hier alles in Flammen aufgehen!«

»Alle Mann zurück in die Boote«, befahl Henry du Valle.

Rasch leerte sich das Deck der Korvette und als Henry du Valle in die Jolle sprang, schlugen die ersten Flammen aus den mit Grätings abgedeckten Luken. In der Zwischenzeit stand auch die von der Liberty niedergekämpfte Brigg in Flammen.

Die Diamond signalisierte »Landungstrupp zurück an Bord« und kurz darauf »den Hafen verlassen«. Die Boote strebten ihren Schiffen zu und wurden von diesen in Schlepp genommen, während sie den Hafen verließen.

In sicherer Entfernung vor dem Hafen ließ Sir Sidney Smith beidrehen und bat die Kommandanten zu sich an Bord. Auch Henry du Valle wurde an Bord der Diamond gebeten. In der großen Kajüte ließ Sir Sidney Smith allen Anwesenden Rotwein reichen.

»Das war ein heißer Tanz, Gentlemen, aber er ist noch nicht zu Ende«, erklärte er.

»Warum ließen sie das Gefecht abbrechen?« fragte Leutnant M'Kinley.

»Weil die Tide fiel und die Diamond Gefahr lief, für die nächsten Stunden auf Grund zu sitzen. Die Franzosen sind viel zu gute Artilleristen als dass sie es nicht schaffen, in den nächsten Stunden zumindest eine Kanonenwieder flott zu bekommen.«

»Dafür haben sie heute aber verdammt schlecht geschossen«, erklärte Leutnant Gosset.

»Das stimmt«, gab Sir Sidney Smith zu, »In diese verlassene Gegend schicken die Franzosen vermutlich nicht ihre besten Truppen. Doch lassen sie uns erst einmal auf unseren Sieg und auf unsere Toten, vor allem Leutnant Carter anstoßen.«

»Auf Leutnant Carter«, riefen alle.

Nachdem sie ihre Gläser geleert hatten und Sir Sidney Smith diese nachfüllen ließ, fasste sich Henry du Valle ein Herz und fragte: »Was ist mit Leutnant Pine?«

Sir Sidney Smith lachte. »Horace Pine ist nicht nur einer der besten Offiziere mit denen zu dienen ich die Ehre hatte, er ist auch der mit Abstand größte Glückspilz, den ich kenne.«

»Was ist mit ihm?« fragte nun auch Leutnant M'Kinley. »Er bekam eine Pistolenkugel aus nächster Nähe in die Brust, aber sie blieb im obersten Knopf seiner Weste stecken. Unser Doktor meint, dass er eine ordentliche Prellung davongetragen hat. In einer Woche dürfte er wieder diensttauglich sein.«

»Wirklich ein Glückpilz«, riefen alle und leerten das zweite Glas auf sein Wohl.

Nach dem kurzen Umtrunk ging es an die Planung des weiteren Vorgehens.

»Gentlemen, wir sollten keine Zeit verlieren und in der Dämmerung bei steigender Tide erneut angreifen. Diesmal schicken wir unsere Boote in den Hafen, um alle verbliebenen Schiffe des Konvois zu verbrennen. Aristocrat hat den geringsten Tiefgang und sollte die Aktion mit ihren Kanonen decken, falls sie einverstanden sind Mr. Gosset«, sagte Sir Sidney Smith.

»Es ist mir eine Ehre, Sir«, erwiderte Leutnant Gosset. »Ich habe nichts Anderes von ihnen erwartet, Mr. Gosset. Unterstützt wird die Aristocrat durch die Barkasse der Diamond, geführt von Midshipman Knight, der momentan nicht anwesend ist, weil er die Wache hat. Die Boote führt mein zweiter Leutnant, Mr. Pearson.«

Die Stunden bis zur Abenddämmerung vergingen schnell, denn an Bord der Aristocrat waren viele Schäden zu beseitigen. Wenn auch die menschlichen Verluste bei diesem Unternehmen bisher überraschend gering ausgefallen waren, hatten die Schiffe umso mehr unter dem feindlichen Feuer zu leiden gehabt. Da die Aristocrat bei dem erneuten Angriff eine Hauptrolle innehatte, sollte sie diesmal kein Boot abstellen. Jeder Mann würde an Bord gebraucht, um eine schnelle Schussfolge für die Dauer der Aktion sicherzustellen.

Unter Führung der Aristocrat näherten sich die Schiffe dem Hafen. Vor der Einfahrt drehten Diamond und Liberty bei und bemannten ihre Boote. Die Barkasse war bereits vorher mit einer Karronade[27] bewaffnet worden und segelte nun im Kielwasser der Aristocrat. Hinter beiden folgte die kleine Flottille der Boote.

---

[27] leichte Kanone mit geringer Reichweite aber großem Kaliber und hoher Feuerkraft

Von der Mole aus wurden sie mit heftigem Musketenfeuer empfangen. Diamond und Liberty feuerten ihre Breitseiten ab und brachten es damit zum Schweigen. Der Hafen wurde von der noch immer brennenden Brigg beleuchtet, die an das Ufer getrieben worden war. Von der Korvette waren nur die Masten und das halb überspülte, verkohlte Deck zu sehen. Aristocrat und die Barkasse eröffneten das Feuer auf die am Strand aufmarschierten Soldaten, während die Breitseiten von Diamond und Liberty nun schwiegen, um die eigenen Boote nicht zu gefährden.

Die Boote nahmen sich Schiff um Schiff vor, bis alle brannten. Nur der halb auf den Strand gezogene Lugger hielt ein konstantes Feuer aufrecht und verhinderte so jegliche Annäherung.

Dicht neben der Mole gab es plötzlich Bewegung. Man ließ einige Boote zu Wasser und hatte offenbar die Absicht, damit die Aristocrat aufzubringen. Zwei Breitseiten verwandelten die Boote in Kleinholz und ließen deren Besatzungen um ihr Leben strampelnd im Wasser zurück.

Die britischen Boote kehrten nach getaner Arbeit zurück und verließen den Hafen. Die Aristocrat wendete und folgte ihnen, während die rückwärts geruderte Barkasse den Rückzug deckte.

Vor dem Hafen wurden die Boote aufgenommen. Während sich die Schiffe in Richtung Osten entfernten, feuerte die Kanone der Molenbatterie einige Abschiedsgrüße hinterher, die aber wirkungslos blieben. Die Franzosen hatten es also tatsächlich geschafft, eine Kanone zu reparieren.

In gebührendem Abstand von der Küste wurde beigedreht und Sir Sidney Smith lud die Gentlemen der Flottille zu einem Diner an seiner Tafel ein. Für Henry du Valle war es ein seltsames Gefühl, nur wenige Stunden nach dem größten Gefecht seines bisherigen Lebens nun frisch gewaschen und rasiert in seiner besten Uniform zu stecken und in der hell erleuchteten Kajüte der Diamond zu sitzen.

Nachdem der gefallenen und verwundeten Kameraden gedacht worden war, ließ Sir Sidney Smith ein eindrucksvolles Mal auftischen. Später, als die Portweinflaschen kreisten, wurde Henry du Valle von Sir Sidney Smith angesprochen.

»Mr. Pine ist voll des Lobes über sie, Mr. du Valle und auch von Mr. Gosset höre ich nur das Beste.«

»Danke Sir, zu gütig.«

»Ach, Papperlapapp, Ehre wem Ehre gebührt. Sie sind tapfer und behalten, wenn es darauf ankommt, einen kühlen Kopf. So einen Mann könnte ich bei mir an Bord sehr gut gebrauchen. Was denken sie, sind sie interessiert?«

Henry du Valle wusste kaum, was er sagen sollte. Dienst auf einer Fregatte war eine Chance, die sich nur den wenigsten Midshipmen bot. Er blickte sich hilfesuchend um und traf auf den Blick seines Kommandanten, der ihn aufmunternd zunickte. Wie sollte er sich nur entscheiden? Henry du Valle dachte an seinen Onkel Philipp d'Auvergne. Was würde er dazu sagen, wenn er so einfach die Aristocrat verließ? Immerhin hatte er ihm diese Stelle gegeben.

»Sir, ich würde sehr gern zusagen, weiß nur nicht, was der Kommodore davon hält. Immerhin bin ich Midshipman auf seinem Flaggschiff.«

Sir Sidney Smith lächelte und antwortete: »Ich kenne ihn sehr gut und darf ihn sogar meinen Freund nennen. Deshalb weiß ich auch, dass er nicht nur ihr Vorgesetzter, sondern auch ihr Onkel ist. Wer wie er das Abenteuer liebt, hat alles Verständnis dieser Welt, wenn sich die Chance zum Dienst auf einer Fregatte bietet. Also, wie lautet ihre Antwort, Mr. du Valle?«

»Sehr gern, Sir, äh… es ist mir eine Ehre.«

## 16

Da sich die kleine Flottille bereits am frühen Morgen auflösen würde, musste Henry du Valle noch in der Nacht auf die Diamond umziehen. Der Abschied von seinen Bordkameraden fiel ihm nicht leicht. Selbst der immer knurrige Master war ihm inzwischen ans Herz gewachsen. Henry du Valle war nun einmal ein Mann, der mit Jedem gute Kameradschaft halten konnte. Er hatte die Seemannschaft und die Kameradschaft auf See von Kindesbeinen an kennengelernt und wusste instinktiv, wie man sich selbst in der kleinsten Messe verhalten musste.

Auf der Diamond wurde er von Leutnant Pearson in Empfang genommen, der momentan den Dienst als erster Leutnant versah. »Willkommen an Bord, Mr. du Valle. Ich habe ihnen Thomas als Burschen ausgesucht. Er ist ein guter Mann, wenn er nüchtern ist. Er wird sich um ihre Seekiste kümmern und ihnen den Weg ins Fähnrichslogis zeigen.«

»Danke, Sir, ist das üblich hier einen Burschen zu haben?«

»Natürlich, Mr. du Valle, das ist keine Vorzugsbehandlung für sie. Ich weiß, andere Schiffe haben einen Burschen für die ganze Fähnrichsmesse, aber Sir Sidney Smith legt Wert darauf, dass sich bereits seine Kadetten auf ein Leben als Gentleman vorbereiten.«

Inzwischen hatte Thomas die Seekiste auf seine Schulter geladen und sagte: »Wenn sie mir folgen würden, Sir.«

Die Fähnrichsmesse der Diamond befand sich im Orloppdeck, also unterhalb der Wasserlinien der Fregatte.

Entsprechend dunkel war es dort. Erleuchtet wurde sie nur durch eine kleine Tranfunzel und den leichten Lichtschein, der über den Niedergang das Deck erreichte. Das Deck war so niedrig, dass sich große Männer wie Thomas nur in gebückter Haltung bewegen konnten. Andernfalls würde ihr Kopf mit den Decksbalken Bekanntschaft machen.

Als sich Henry du Valles Augen an das Halbdunkel gewöhnt hatten, sah er, dass ein von der Decke hängender Schwingtisch den Mittelbunkt der Messe bildete. Um ihn herum standen die Seekisten der Fähnriche als Sitzgelegenheiten. Ebenfalls an der Decke hingen die Hängematten der Fähnriche, die im Gegensatz zu denen der einfachen Seeleute ständig geriggt waren. Henry du Valle zählte insgesamt fünf Seekisten. Seine Seekiste war die Nummer sechs. Ein Midshipman und ein Kadett waren anwesend. In dem Midshipman erkannte Henry du Valle Mr. Knight, den Barkassenführer.

"»Willkommen an Bord der Diamond. Ich bin Richard und der kleine Gnom dort ist der Ehrenwerte Mr. Angus McFail.«

»Ich bin kein Gnom, Richard«, beschwerte sich Angus McFail mit dem typisch rollenden Akzent des Schotten. »Bist du doch, mein Onkel Peter hat Dachshunde, die größer sind als du.«

Maulend zog sich der Kadett in seine Ecke zurück.

»Mit dir sind wir jetzt drei Midshipman, ein Steuermannsmaat und zwei Kadetten«, fuhr Richard Knight mit seiner Einführung fort, »Das ist recht wenig für eine Fregatte dieser Größe aber Sir Sidney Smiths Devise ist Klasse statt Masse.«

Henry du Valle musste lächeln. So mutig und energisch Sir Sidney Smith im Gefecht war, so versnobt schien er im sonstigen Leben zu sein. Für Henry du Valle war das kein Problem. Er kam aus einer guten Familie mit Beziehungen und hatte die entsprechende Erziehung genossen. Ein Mann aus einfachen Verhältnissen hätte hier keine Chance.

Nachdem er sich eingerichtet hatte, kehrte er an Deck zurück. Dort winkte ihn Leutnant Pearson zu sich.

»Mr. du Valle, sobald Sir Sidney Smith gefrühstückt hat, wird er sie empfangen. Üblicherweise speist er um 8.00 Uhr. Demnach hätte er eine halbe Stunde später Zeit für sie.«

»Aye, Sir.« Henry ging an die Reling, wo Richard Knight mit einem anderen Midshipman stand.

»Henry, darf ich vorstellen, das ist David Spring, der Dritte im Bunde. David, das ist Henry du Valle, der einzige Franzose auf den Du nicht schießen darfst.« »Mach dir nichts draus«, sagte David Spring, »Eines Tages wird Richard einen Mann treffen, der nicht über seine blöden Witze lachen kann.«

»David Spring?« fragte Henry du Valle, »Der Name sagt mir etwas.«

David Spring lachte gequält: »Nun fang du nicht auch noch an. Ständig werde ich mit diesem David Winter[28] aufgezogen, auf Winter folgt Frühling und so.«

»Ich soll mich nach dem Frühstück beim Captain melden, habt ihr da einen guten Tipp für mich?«

»Ja, nenne ihn niemals Captain, nenne ihn Sir oder Sir Sidney, aber auf seinen Titel legt er größten Wert. Und natürlich trittst du in deiner besten Uniform an, als würdest du dich bei seiner Majestät persönlich vorstellen«, antwortete Richard Knight.

Pünktlich 8.30 Uhr stand Henry du Valle an der Tür zur Kapitänskajüte. Der Posten stampfte mit seiner Muskete auf und rief: »Midshipman Mr. du Valle!«

»Soll eintreten«, kam die Antwort von drinnen. Der Posten öffnete die Tür und Henry du Valle wurde von einem nicht mehr ganz jungen Mann in der Uniform eines Midshipman empfangen.

»Mr. du Valle, ich bin John Wesley Wright[29], der Sekretär von Sir Sidney Smith.«

»Sie gehören nicht zur Fähnrichsmesse, Mr. Wright?« »Nein, ich habe meine Kammer im Quartier von Sir Sidney Smith.«

---

[28] fiktiver Seeheld aus einer Romanreihe von Frank Adam
[29] Britischer Marineoffizier der 1805 in französischer Gefangenschaft starb. Man vermutet, dass er auf Napoleons direkten Befehl ermordet wurde.

Es war nicht ungewöhnlich, dass hochrangige Seeoffiziere ihre Privatsekretäre mit auf See nahmen und ihnen nautische Ränge gaben, um sie in die Hierarchie an Bord einzufügen. John Wesley Wright war aber tatsächlich schon zur See gefahren, wenn auch mit Unterbrechungen.

»Sir Sidney Smith erwartet sie jetzt«, sagte er. John Wesley Wright öffnete die Tür zur Tageskajüte des Kommandanten und Henry du Valle trat ein.

»Midshipman Henry du Valle meldet sich zum Dienst auf HMS Diamond.«

»Herzlich willkommen an Bord, Mr. du Valle. Bitte nehmen sie Platz.«

Sir Sidney Smith wies auf einen von zwei Sesseln, die an einem kleinen Tisch standen. Er selbst setzte sich auf den anderen Platz. Nachdem er Henry du Valle ein Glas Rheinwein angeboten hatte, was dieser dankend annahm, sagte er: »Es freut mich, dass ich sie dazu überreden konnte, auf die Diamond zu wechseln. Ich lege ganz besonderen Wert auf gute Seemannschaft und bin ständig bestrebt, den Standard meines Offizierskorps entsprechend zu verbessern.«

»Ihre günstige Beurteilung ehrt mich, Sir.«

»Ehre, wem Ehre gebührt, Mr. du Valle. Zugleich halte ich es auch für wichtig, dass sich meine Offiziere in der Sprache des Feindes verständigen können, aber das ist bei einem Mann von Guernsey natürlich kein Problem.« »Ja Sir, wie sie sicherlich wissen sprechen wir auf den Inseln eher Französisch und Normannisch als Englisch.«

»Ja ich weiß, Mr. du Valle und ich weiß auch, dass sie diese Kenntnisse bereits auch gewinnbringend nutzen konnten. Ich möchte nicht weiter darauf eingehen, außer dass ich von Zeit zu Zeit ähnliche Aufgaben habe, wie der Prinz von Bouillon.«

Sir Sidney Smith nahm bewusst Bezug auf den Adelstitel Phlipp d'Auvergnes. »Bitte verzeihen sie mir diese ungewöhnliche Direktheit, Mr. du Valle, aber bereits in der kommenden Nacht ist ihre diesbezügliche Erfahrung gefragt. Mr. Wright hat ein Rendezvous an der Küste und es wäre mir sehr lieb, wenn das Boot, das ihn dorthin bringt, von einem erfahrenen Mann befehligt wird.« »Ich bin bereit, Sir Sidney.«

# 17

Im Tagesverlauf erreichte die Diamond die Halbinsel Cotentin und kreuzte in der Dämmerung unweit des französischen Kriegshafens Cherbourg. Ein kalter Wind aus Nordwest hatte bereits den ganzen Tag geblasen und die See aufgewühlt. Bei diesem Wetter würden kaum Fischer hinausfahren und auch die Ruderkanonenboote blieben wahrscheinlich im schützenden Hafen.

Henry du Valle war der blaue Kutter[30] zugeteilt worden Er hatte den Tag genutzt, seine Rudermannschaft kennenzulernen und den Kutter auf die nächtliche Aktion vorzubereiten. Schließlich wurde der Kutter ausgesetzt und die Männer gingen an Bord. Nur Mr. Wright fehlte noch. Es hieß, er erhielt noch letzte Instruktionen des Kommandanten, doch Thomas, der mit zur Bootscrew gehörte, murmelte seinem Nachbarn zu: »Wahrscheinlich haben die feinen Herren ihr Abendessen noch nicht beendet.«

»Ruhe im Boot«, schnauzte Henry du Valle. Er hatte von Richard und David gehört, dass Sir Sidney Smith und John Wesley Wright persönlich befreundet waren, was den besonderen Status seines Privatsekretärs erklärte, aber solches Gerede durfte nicht geduldet werden. Es untergrub die Disziplin an Bord.

Schließlich erschien Mr. Wright, nach der neuesten Pariser Mode gekleidet, soweit dies Henry du Valle beurteilen

---

[30] hier großes Beiboot auf Kriegsschiffen, das auch gesegelt werden kann

konnte. Mit der Routine eines guten Seemanns enterte er in den Kutter ab und nahm neben Henry du Valle Platz.

»Tut mir leid, Mr. du Valle, aber meine Maske hat etwas gedauert.« Tatsächlich fand Henry du Valle Wrights Gesicht völlig verändert. Die Nase war spitzer, er trug einen dichten Backenbart und eine Brille.

»Wir sind bei unserer letzten Unternehmung an echte französische Papiere gekommen, nur leider passte das Signalement überhaupt nicht. Da musste ich etwas nachhelfen«, erklärte Mr. Wright.

Henry du Valle ließ den Kutter ablegen und nahm Kurs auf den Strand. Ihr Ziel war eine kleine Bucht nördlich von Cherbourg.

»Kennen sie die Küste?« fragte Mr. Wright.

»Ja, einigermaßen. Ich war im Frieden öfter in Cherbourg, um Austern zu laden.«

»Ja, ein paar frische Austern…« schwärmte Mr. Wright.

Offenbar war er ziemlich nervös und versuchte, das durch Gesprächigkeit zu überspielen, dachte sich Henry du Valle.

»Land in Sicht«, meldete der Buggast. Tatsächlich war in der Ferne ein heller Streifen sichtbar.

»Ist das ein Sandstrand?« fragte Mr. Wright.

»Die Bucht hat einen breiten Sandstrand«, antwortete Henry du Valle, »Aber ich vermute, es sind eher die sich brechende Wellen, die wir sehen.«

Wenig später riss der Wind die dichte Wolkendecke auf und der Mond beschien den breiten Strand und den dahinter befindlichen Küstenwald. Mit seinem Nachtglas suchte Henry du Valle sorgfältig die gesamte nun sichtbare Küste ab. Es schien alles ruhig zu sein. Weder Posten noch Patrouillen waren zu sehen. Zufällige Spaziergänger waren nicht zu erwarten, da das Hinterland der Bucht unbewohnt war.

Können sie etwas sehen?« fragte Mr. Wright.

»Nein, alles ist ruhig, keine Menschenseele ist zu sehen.« »Das ist gut. Die Landung ist in der Regel der gefährlichste Teil der ganzen Sache neben der Rückkehr auf See.«

»Wie kommen sie eigentlich von diesem Strand weg?« fragte Henry du Valle, »Soweit ich die Karte im Kopf habe, ist hier weit und breit kein Weg und kein Haus.« »Ich werde erwartet. Mehr darf ich dazu nicht sagen.«

Der Mond versteckte sich wieder hinter den Wolken, doch inzwischen hatte sich der Kutter der Küste soweit genähert, dass der Strand trotzdem mit bloßem Auge sichtbar war. Henry du Valle nahm sein Nachtglas und kontrollierte erneut den gesamten Strand zwischen den beiden Landspitzen, die die Bucht begrenzten. Es war noch immer alles ruhig. Vorsichtig näherte sich der Kutter dem Strand, bis der Kiel knirschend auflief.

»Thomas, trage Mr. Wright ans Ufer. Er darf keine nassen Schuhe bekommen. Das würde ihn sofort verraten.« Thomas stieg ins Wasser. Mr. Wright gab Henry du Valle die Hand und sagte: »Holen sie mich kurz vor

Sonnenaufgang wieder ab. Wenn alles klappt werde ich dann nicht allein sein.«

»Viel Glück, Mr. Wright.«

Thomas trug den Mann ans Ufer und setzte ihn im trockenen Sand ab. Mr. Wright sah sich kurz um und lief dann in den Küstenwald, wo er verschwand.

Henry du Valle ließ den Kutter zurück ins freie Wasser schieben. Vorsichtig entfernte er sich von der Küste, an der alles ruhig blieb. Knapp in Sichtweite des Strandes ließ er den Kutter beidrehen. Nun hieß es warten. Um die Zeit zu verkürzen und damit die Männer nicht froren, ließ Henry du Valle eine Mahlzeit aus gebratenem Pökelfleisch und Schiffszwieback ausgeben. Als Getränk gab es einen stark verdünnten kalten Grog. Nach der Mahlzeit erhielt jeder noch einen Becher Rum. Auch Henry du Valle trank seinen Anteil und genoss, wie ihn der Alkohol innerlich aufwärmte. Laut Mr. Wrights Zeitangabe mussten sie jetzt einige Stunden warten. Die Sonne würde gegen 6.00 Uhr ausgehen.

Die Zeit zog sich ziemlich träge dahin, da man an Bord nichts tun konnte, als die Position von Zeit zu Zeit zu korrigieren. Hinter ihnen zeigte sich am Horizont ein schmales, langsam immer breiter werdendes Band, der Vorbote des neuen Tages. Es war an der Zeit, sich dem Strand wieder zu nähern. Zuvor ließ Henry du Valle die Pulverladung der Drehbasse im Bug und der Musketen der beiden Marineinfanteristen, die hinter dem Buggasten hockten, überprüfen.

Der Strand kam näher. Henry du Valle suchte ihn wieder mit dem Nachtglas ab. Alles war ruhig. Die Fußspur, die Mr. Wright bei der Landung hinterlassen hatte, war noch immer die einzige Spur am Strand. Henry du Valle fluchte innerlich. So eine Spur könnte äußerst verräterisch. Beim nächsten Einsatz müsste er dafür sorgen, sie zu beseitigen. Der Kutter war nun kurz vor dem Strand. Diesmal dürfte er nicht auflaufen, um eine Flucht nicht zu verzögern.

Der helle Streifen wurde breiter und breiter. Gleich würde die Sonne aufgehen. Unvermittelt erschien Mr. Wright am Strand. Ein Mann folgte ihm. Beide liefen auf den Kutter zu, rannten spritzend durch die sich am Strand brechenden niedrigen Wellen und schwangen sich in den Kutter. Beide waren außer Atem. Sofort gab Henry du Valle Befehl, den Kutter vom Ufer weg zu rudern. Erst außerhalb der Musketenschussweite ließ er ihn wenden. Jetzt kam auch Mr. Wright mit seinem Schützling zum Heck des Kutters.

»Willkommen zurück, Mr. Wright«, sagte Henry du Valle.

»Vielen Dank für ihre Pünktlichkeit«, erwiderte dieser, »Darf ich ihnen Monsieur de Bonville vorstellen.«

Henry du Valle begrüßte ihn auf Französisch. Dann reichte er beiden Männern einen Becher mit dem restlichen Rum, den beide gierig tranken.

In diesem Moment ertönten ferne Kanonenschüsse. »Das ist das Fort auf der Insel Pelée. Sie vermissen dort einen Gefangenen«, erklärte Mr. Wright trocken.

»Das ist doch auf der Ostseite von Cherbourg«, stellte Henry du Valle erstaunt fest. »Und wir sind hier westlich von Cherbourg, wo hoffentlich niemand suchen wird«, antwortete Mr. Wright.

Da der Wind jetzt günstig stand, konnte Henry du Valle die Masten aufstellen lassen und der Rückweg zur Diamond wurde ein angenehmer Segeltörn. Noch vor dem Frühstück waren sie wieder an Bord.

# 18

Wenn Henry du Valle glaubte, sich nach der nächtlichen Aktion etwas Ruhe verdient zu haben, so unterlag er einem Irrtum. Kurz nach seiner Ankunft wurde er zu Sir Sidney Smith gerufen. Eiligst wusch und rasierte er sich und zog dann seine beste Uniform an. Kurz darauf stand er bereits vor der Tür zum Quartier des Kommandanten. Er wurde sofort eingelassen und in die große Heckkajüte geführt. Dort wurde er von Sir Sidney Smith, Mr. Wright und Monsieur de Bonville erwartet. Alle wirkten frisch und ausgeruht, obwohl doch nur Sir Sidney Smith die Chance zu einer ruhigen Nacht gehabt hätte. Aber von David Spring wusste Henry du Valle, dass er das Achterdeck während der nächtlichen Aktion keinen Augenblick verlassen hatte.

»Da sind sie ja, Mr. du Valle«, begrüßte ihn Sir Sidney Smith bestens gelaunt, »Dann sind wir vollzählig und können das Frühstück, dass mein Steward Bromley für uns zubereitet, genießen. Darf ich darum bitten, dass wir die Konversation auf Französisch führen, damit sich unser französischer Gast nicht ausgeschlossen fühlt. Außerdem ist es im Interesse der Geheimhaltung sicherlich besser, womit ich nicht behaupte, Verräter an Bord zu haben, aber Schwätzer auf jeden Fall.«

Die Männer nahmen am großen Esstisch Platz, der bereits vollständig eingedeckt war. Erstaunlicherweise bot das Frühstück alles, was man an englischen und französischen Spezialitäten erwarten konnte. Am meisten war Henry du Valle vom frischen Brot beeindruckt, das jedem Bäcker zur Ehre gereicht hätte. Als er Sir Sidney Smith darauf ansprach, antwortete dieser sichtlich geschmeichelt: »Das Rezept, ein einfaches Brot ohne Backofen zu backen habe ich an Bord von Lord Hoods Flaggschiff kennengelernt. Es ist zwar nicht lange haltbar, aber frisch schmeckt es köstlich.«

Die Unterhaltung plätscherte entspannt dahin und Sir Sidney Smith erwies sich als hervorragender Gastgeber. Zugleich stellte Henry du Valle fest, dass sowohl Sir Sidney Smith als auch Mr. Wright ein fast akzentfreies französisch sprachen. Nach dem Essen empfahl sich Monsieur de Bonville und Henry du Valle wollte sich ihm anschließen, aber Sir Sidney Smith bedeutete ihm, noch zu bleiben.

»Mr. du Valle, sie müssen wissen, dass wir zwei Traditionen im Zusammenhang mit geheimdienstlichen Aktionen pflegen. Wir gönnen uns ein gutes Frühstück und wir sprechen die Aktion im Rückblick noch einmal durch, um zukünftig Fehler zu vermeiden. Sie wissen, es ist ein heikles Geschäft, in dem man Fehler nur mit sehr viel Glück überlebt. Ich würde vorschlagen, Mr. Wright gibt uns zunächst einen kurzen Bericht über die vergangene Nacht.«

»Sehr gern, Sir Sidney. Nachdem mich Mr. du Valle am Strand abgesetzt hatte, durchquerte ich den Küstenwald und fand dahinter die kleine Jagdhütte, wo uns unser Kontaktmann mit Pferden erwartete. Wir ritten um Cherbourg herum bis zum Versteck des kleinen Ruderbootes. Damit ruderten wir zur Insel Pelée. Mit Wurfdraggen kletterte ich an der Außenmauer des Forts hinauf bis zum Zellenfenster von Monsieur de Bonville. Das Gitter ließ sich mit der Eisensäge problemlos entfernen und wir seilten uns wieder ab. Wie von unserem Gewährsmann im Fort berichtet, gibt es keine Posten auf der seeseitigen Außenmauer, so dass wir vollkommen unbehelligt blieben. Wir ritten zurück zum Treffpunkt und trafen pünktlich am Strand ein.«

»Sehr gut, Mr. Wright«, lobte ihn Sir Sidney Smith, »Was sagen sie dazu, Mr. du Valle?«

»Nun, ich bin beeindruckt. Man kann dieses Unternehmen ja fast dreist nennen.«

Sir Sidney Smith lachte. »Das ist alles gute Vorbereitung. Wir haben die Befreiung von Monsieur de Bonville seit über einem Monat geplant. Damals hörten wir, dass er nach Cherbourg verlegt werden soll und sahen eine Chance, denn das Fort auf der Insel Pelée ist noch eine halbe Baustelle.«

»Trotzdem hatten wir Glück, dass es keine Patrouillen am Strand oder durch Kanonenboote gab«, sagte Henry du Valle.

»Dem Glück haben wir ein klein wenig nachgeholfen«, antwortete Sir Sidney Smith, »Während sie westlich von Cherbourg landeten, kreuzte die Diamond dicht unter der Küste im Osten von Cherbourg. An den dortigen Stränden war letzte Nacht der Teufel los. Aber es stimmt schon, ein Quäntchen Glück gehört immer dazu. Haben sie eine Idee, was man hätte besser machen können.«

»An Ende zählt immer der Erfolg, was ich auch schon auf der Aristocrat gelernt habe, aber während wir warteten kam mir der Gedanke, was wohl geschähe, wenn sich doch eine Patrouille an den Strand verirrt und die Fußspuren entdeckt hätte.«

Sir Sidney Smith sah ihn betroffen an. »Dann hätte man nur den Spuren folgen müssen und…«, sagte er, »So ein einsamer Strand birgt also auch seine Gefahren. Mr. Wright, notieren sie. Spuren auf unberührten Stränden beseitigen.«

Mr. Wright äußerte noch einige Gedanken hinsichtlich seiner Ausrüstung, dann war die Besprechung beendet. Abschließend sagte Sir Sidney Smith: »Mr. du Valle, ich freue mich, in ihnen den Mann gefunden zu haben, den ich erwartete.«

# 19

Noch am selben Tag erreichte HMS Diamond die Saint-Marcouf Inseln zwischen Cherbourg und Le Havre. Im letzten Jahr hatte Sir Sidney Smith die Inseln besetzen lassen und die kleineren Schiffe seines Geschwaders zur Sicherung und zum Ausbau des Stützpunkts abgestellt. Inzwischen war auf der küstennäheren Ile de Terre ein kleines Fort mit Geschützbastionen und Barracken entstanden und die im nördlichen Ärmelkanal kreuzenden Schiffe der Royal Navy füllten hier regelmäßig ihre Vorräte auf.

Auf der Reede vor dem Fort ankerten zwei schwimmende Batterien, drei Kanonenboote[31] holländischer Bauart und ein kleiner Frachtsegler, der als Tender des Stützpunktes und der kleinen Flottille diente.

Nachdem die Salute ausgetauscht waren, näherte sich von der Insel ein Boot, in dem ein Leutnant saß. Als es angerufen wurde, antwortete der Buggast: »Badger!« »Das ist Leutnant Price, der Kommandant der Badger und Herr über Saint-Marcouf, ein unangenehmer Kerl«, flüsterte David Spring dem neben ihm stehenden Henry du Valle zu.

Charles Papps Price kletterte ächzend an der Bordwand der Diamond empor und grüßte das Achterdeck, während ihn die Marines und einige Bootsmannsmaate die militärische Ehre eines Kommandanten erwiesen. Er hatte ein aufgedunsenes Gesicht und eine rote Knollennase, die Henry du Valle reichlichen Alkoholkonsum vermuten ließ.

---

[31] kleine Segelboote mit einem einzelnen schweren Geschütz

Leutnant Pearson begrüßte ihn und führte ihn dann unter Deck zu Sir Sidney Smith. Sein Besuch dauerte eine Flasche Rheinwein lang, dann kehrte er auf seine Insel zurück.

Wenig später wurden die Offiziere und Midshipmen zum Kapitän gerufen. Auch Leutnant Pine, dem es wieder besserging, war anwesend.

»Gentlemen«, sagte Sir Sidney Smith, »Ich habe sie heute zu mir gebeten, weil uns Leutnant Pine in wenigen Stunden verlassen wird. Er bringt den Bericht über unser erfolgreiches Gefecht in Port Herquy nach London und ich bin sicher, dass ihm dort der gerechte Lohn für seinen Mut und seine Einsatzbereitschaft in Herquy und bei vielen Gelegenheiten zuvor zuteilwird.«

Ein allgemeines Hallo und Äußerungen des Bedauerns, diesen angenehmen und kompetenten Bordkameraden zu verlieren, war die Reaktion. Natürlich war zugleich allen bewusst, dass diese Veränderung einige Beförderungen nach sich ziehen würde.

»Leutnant Pearson übernimmt den Posten als Erster Leutnant, wofür ich ihm alle Gute wünsche, Leutnant Sandsbury ist die neue Nummer Zwei«, fuhr Sir Sidney Smith fort.

Jetzt wurde es spannend, denn natürlich fehlte der Diamond nun ein Leutnant.

»Um die Offiziersmesse der Diamond wieder zu komplettieren, ernenne ich den dienstältesten Midshipman zum diensttuenden Leutnant, meine herzlichsten Glückwünsche, Leutnant du Valle.«

Henry du Valle war wie vom Donner gerührt. Natürlich hätte er bei nüchterner Überlegung damit rechnen müssen, denn er war der dienstälteste und erfahrenste Midshipman an Bord. Zugleich war er aber der Neuling an Bord, der sich zunächst einfügen und seinen Platz finden musste. Richard Knight und David Spring sahen das offenbar ganz anders. Lachend klopften sie ihm auf die Schulter und gratulierten mit der Herzlichkeit guter Kameraden.

Nach dem Treffen beim Kommandanten zog Henry du Valle in die Offiziersmesse um. Hier stand ihm eine winzige Kammer mit einer Schwingkoje einem Stuhl und einem kleinen Waschtisch zur Verfügung. In der Kammer konnte er sich bei geschlossenem Vorhang kaum drehen, aber es war ein Stück Privatsphäre.

Leutnant Pine, der ungefähr seine Statur hatte, überließ ihm seine zweitbeste Uniform, so dass sich Henry du Valle bei offiziellen Anlässen vorschriftsmäßig kleiden konnte. Im täglichen Dienst war das weniger problematisch, solange man nicht zu Sir Sidney Smith gerufen wurde.

Leutnant Pine gab noch einen kurzen Umtrunk in der Offiziersmesse, dann setzte er auf die Nancy über, die bald darauf Saint-Marcouf verließ. Fast die gesamte Besatzung der Diamond verfolgte den Abschied des beliebten Leutnants. Er würde seinen Weg in der Royal Navy machen.

Die Feierlichkeiten in der Offiziersmesse waren für diesen Tag noch nicht beendet. Nun war es an Henry du Valle, seinen Einstand zu geben. Zum Glück war das Fort sehr gut versorgt, so dass er dort alles fand, was man für ein standesgemäßes Dinner brauchte. Zur Feier des Tages hatte die Offiziersmesse auch Sir Sidney Smith und alle Offiziersanwärter eingeladen, so dass eine große Runde um den Tisch versammelt war.

Der Tradition folgend war Sir Sidney Smith natürlich der Mittelpunkt der Gesellschaft und man sprach zunächst nur, wenn man von ihm angesprochen wurde. So berichtete er von seiner Reise nach Konstantinopel und erzählte, wie er bei Kriegsausbruch dort eine kleine Schebecke gekauft und mit britischen Seeleuten bemannt hatte, um zur britischen Flotte vor Toulon zu stoßen. Mit steigendem Alkoholpegel wurde die Stimmung dann lockerer und schließlich sprach man wild durcheinander.

Henry du Valle lernte endlich die Mitglieder der Offiziersmesse etwas näher kennen. Leutnant Pearson war ein erfahrener Seemann, der bereits im Krieg gegen die abtrünnigen Kolonien in Nordamerika gekämpft hatte. Dagegen hatte Leutnant Sandsbury sein Offizierspatent erst vor wenigen Monaten erhalten und wirkte noch recht unerfahren. Mr. Wilkie, der Master, war ein alter Fahrensmann, der schon auf allen Meeren gesegelt war. Ihn plagten diverse Zipperlein, die sein liebstes Gesprächsthema waren. Deshalb war der Schiffsarzt, Mr. Williams, auch sein liebster Gesprächspartner. Dieser hatte in Cambridge Medizin studiert, konnte das Studium wegen eines tödlich endenden Duells jedoch nicht abschließen und hatte deshalb bei der Royal Navy angeheuert. Für

Marineverhältnisse war er ein sehr guter Arzt. Komplettiert wurde die Offiziersmesse durch den Zahlmeister William Hewett. Da Leutnant Carter in Port Herquy gefallen war, gab es keinen Offizier der Royal Marines mehr an Bord. Der Abend endete mit dem gemeinsamen Gesang alter Seemanslieder.

Als sich die Gesellschaft schließlich auflöste, rutschte Leutnant Pearson auf einer kleinen Lache verschütteten Weins aus. Er versuchte noch, sich zu halten und kugelte sich dabei den rechten Arm aus. Mr. Williams, der sofort zur Stelle war, renkte den Arm zwar sofort wieder ein, doch in den nächsten Tagen würde er den verletzten Arm in einer Schlinge tragen müssen, was für den Dienst an Bord aber kein großes Handikap war.

# 20

Noch in der Nacht steuerte die Diamond die Mündung der Seine an und drehte westlich des kleinen Hafenstädtchens Honfleur bei. Sir Sidney Smith wollte in der Seinemündung Vermessungsarbeiten durchführen. Er ließ dafür seine Gig aussetzen und den kleinen Mast aufstellen. Dann segelte er mit seiner Bootscrew und Mr. Wright den Fluss hinauf.

Von Leutnant Pearson erfuhr Henry du Valle, dass Sir Sidney Smith sein Lieblingsprojekt verfolgte. Er träumte davon, eines Tages mit einem Geschwader die Seine hinauf zu fahren und Bonaparte in seiner Hauptstadt anzugreifen. Henry du Valle kannte die Karte gut genug, um zu wissen, dass so ein Projekt vollkommen illusorisch war.

Zu seiner diesbezüglichen Anmerkung sagte Leutnant Pearson: »Manchmal ist Sir Sidney Smith ein Träumer, aber zugleich ist er ein ausgezeichneter Seemann. Also gönnen wir ihm diese Träumerei und freuen wir uns lieber auf viele fette Prisen, die er uns noch bescheren wird.«

»Amen«, antwortete Henry du Valle.

Kurz nach Mittag kam die Gig wieder in Sicht. Auf dem Rückweg wurde sie gerudert. Sir Sidney Smith kam an Bord, wo er von Leutnant Pearson begrüßt wurde. Nachdem das Zeremoniell beendet war, sagte Sir Sidney Smith: »Wir haben eine interessante Entdeckung gemacht. Bitten sie alle Offiziere zu mir, nachdem ich gespeist habe, Mr. Pearson.«

Nach diesen Worten verschwand er in seiner Kajüte und ließ die Offiziere der Diamond zunächst etwas ratlos zurück. Vom Bootssteuerer des Kommandanten erfuhren sie jedoch, dass sie am Nordufer der Seine einen vor Anker liegenden Freibeuter entdeckt hatten, weshalb Sir Sidney Smith die Erkundungsmission sofort abgebrochen hatte.

Ungefähr zwei Stunden später versammelten sich die Offiziere, der Master und die Midshipmen in der großen Heckkajüte.

»Gentlemen«, begrüßte sie Sir Sidney Smith, »Wie sie vermutlich bereits gehört haben, liegt wenige Kabellängen oberhalb von Le Havre ein französischer Freibeuter vor Anker. Es ist die Vengeur mit zehn Kanonen, die unserer Schifffahrt schon viel Ärger bereitet hat. Ich beabsichtige, die Vengeur in der kommenden Nacht anzugreifen und als Prise zu nehmen.«

»Sir, gestatten sie, dass ich diese Unternehmung führe?« fragte Leutnant Pearson.

»Natürlich ist es ihr ungeschriebenes Privileg als Erster Leutnant«, antwortete Sir Sidney Smith, »Aber mit ihrer noch frischen Verletzung können sie kein feindliches Schiff entern, Mr. Pearson. Die Aktion führe ich selbst an, während sie das Kommando auf der Diamond haben«

Leutnant Pearson musste zugeben, dass Sir Sidney Smith vollkommen Recht hatte.

Es wurde beschlossen, dass der Angriff auf die Vengeur mit sämtlichen Booten der Diamond mit Ausnahme der Jolle erfolgen sollte. Sir Sidney Smith würde die Boote mit seiner Gig anführen und zum Ankerplatz der Vengeur lotsen. Leutnant Sandsbury sollte mit der Schaluppe folgen, die für den Notfall mit einer Karronade ausgerüstet werden sollte. Dann käme Richard Knight mit dem roten Kutter und Henry du Valle würde mit dem blauen Kutter den Abschluss bilden.

Zwei Stunden vor Mitternacht gingen die Männer in die Boote. Als alle Boote bemannt waren, kam das Kommando zum Aufbruch. Im Gegensatz zum Morgen konnten diesmal keine Segel gesetzt werden, denn es war vollkommen windstill. Hinzu kam die Strömung der Seine, die jedoch mit der Zeit immer schwächer wurde. Es würde nicht mehr lange dauern, bis die Tide wechselte. Den Männern stand ein harter Pull bevor, obwohl sich die Diamond im Tagesverlauf Le Havre etwas genähert hatte.

Es war eine kühle und klare Frühlingsnacht, so dass es eine ganze Weile dauerte, bis das einsame Positionslicht im Vortopp der Diamond erst immer diffuser wurde und schließlich ganz in der Ferne verschwand. Vor sich sah Henry du Valle die roten Lichter der kleinen Blendlaternen im Heck der Boote, wie auf einer Perlenschnur aufgereiht. Die Lichter schienen nur nach hinten und konnten deshalb von Land aus nicht gesehen werden. Fast eine Stunde verging, dann signalisierte die Gig und alle Boote schlossen zu ihr auf.

»Die Vengeur liegt drei Kabellängen[32] voraus«, sagte Sir Sidney Smith flüsternd, »Wir fahren jetzt einen Bogen nach Backbord und schieben uns dann zwischen den Lugger

---

[32] 185,2 m bzw. 1/10 Seemeile

und das Ufer. Dazwischen ist ungefähr eine Kabellänge Platz und wir können so verhindern, dass die Franzosen Kontakt zu Ufer aufnehmen. Ich wünschte nur, es käme endlich etwas Wind auf.«

Langsam nahmen die Boote in der alten Reihenfolge wieder Fahrt auf. Der gefahrene Bogen führte sie fast vor die Bastionen von Le Havre, wo sie einige Wachfeuer brennen sahen. Von dort konnten sie in der fast mondlosen Dunkelheit nicht gesehen werden, denn die schmale Sichel des Mondes spendete kaum Licht.

Dann kam die Vengeur in Sicht, die friedlich vor Anker lag. Alle an Bord schienen zu schlafen. Die Boote gingen auf Angriffsposition. Vom Bug zum Heck der Vengeur lautete die Schlachtordnung der Boote Schaluppe, Gig, roter Kutter und blauer Kutter. Leutnant Sandsbury würde also über den Bug angreifen und Henry du Valle über das Heck.

Mit der Laterne, die für den Bruchteil einer Sekunde sichtbar war, gab Sir Sidney Smith den Angriffsbefehl. Leise näherten sich die Boote der Vengeur. Noch blieb alles ruhig. Als die Boote fast auf Pistolenschussweite heran waren, bemerkte Henry du Valle Bewegung an Deck. Alarmrufe wurden laut und Schüsse krachten in die Nacht hinaus. Offenbar erzielten sie aber keine Treffer.

Der Kutter erreichte die Vengeur an der Ruderpinne. Da der Lugger ein sehr niedriges Freibord besaß, fiel es Henry du Valle leicht, an Deck zu kommen. Direkt vor der Ruderpinne befand sich ein Niedergang, aus dem Männer herausströmten.

Henry du Valle und seine Männer stellten sich ihnen in den Weg, so dass der Niedergang blockiert war. Derweil hatten die anderen Bootbesatzungen die Wache überwältigt. Nur am Bug wurde noch gekämpft. Dann war auch dort Ruhe.

»Das Schiff ist unser!« rief Sir Sidney Smith, »Alle Gefangenen entwaffnen und unter Deck einschließen!«

Die Franzosen waren noch immer so schockiert, dass sie sich widerstandslos die Waffen abnehmen ließen. Henry du Valle durchsuchte mit seinen Männern das Unterdeck und ließ auch dort alle Waffen einsammeln. Die Waffenkammer wurde verschlossen und ein Doppelposten Marineinfanteristen davorgestellt.

Plötzlich spürte Henry du Valle eine Bewegung des Luggers. Er begab sich rasch an Deck, wo Sir Sidney Smith mit Leutnant Sandsbury auf dem Achterdeck stand.

»Da sind sie ja, Mr. du Valle«, sagte Sir Sidney Smith, »Die Franzosen haben während unseres Angriffs die Ankertrosse gekappt. Leider haben wir das aber erst durch das Kippen der Tide bemerkt. Die Flut versetzt uns jetzt stromaufwärts. Machen sie bitte den Ersatzanker klar, damit wir nicht noch weiter abgetrieben werden.«

Gemeinsam mit dem Bootsmann lief Henry du Valle zum Bug. Dort befand sich kein weiterer Anker. Dann durchsuchten sie systematisch das Schiff, bis hinunter zum Ballast. Es war kein weiterer Anker an Bord.

Henry du Valle ging zurück an Deck und machte Meldung. Sir Sidney Smith sah ihn betroffen an und sagte: »Dann sollten wir alle um Wind beten.«

## 21

So ungewöhnlich es auch sein mochte, tatsächlich fand sich kein Ersatzanker an Bord. Sir Sidney Smith fragte auch den Bootsmann der Vengeur danach, der ihm diesen Umstand bestätigte. Bei der letzten Kaperfahrt war der Reserveanker der Vengeur so stark beschädig worden, dass man ihn in die Werft geben musste, wo er sich momentan noch befand.

Angesichts der weiterhin anhaltenden Flaute und der Gezeitenströmung blieb nur ein Abschleppen durch die Boote der Diamond. Auch das gestaltete sich nicht ganz einfach, da auch der Bestand an Tauwerk auf der Vengeur sehr knapp bemessen war. Obwohl der Lugger schon sehr erfolgreiche Kaperfahrten hinter sich hatte, waren seine Eigner nur zu den allernotwendigsten Ausgaben bereit.

Letztendlich gelang es dann doch, mit Hilfe der an Bord der Beiboote vorhandenen Seile alle Boote mit der Vengeur zu verbinden. Nur leider kam der Schleppzug nicht gegen die starke Gezeitenströmung an. Nicht einmal die Position konnte gehalten werden, so dass durch das Abschleppen lediglich die Drift verlangsamt wurde und die Vengeur von Ufer weg gesteuert werden konnte. Wenn nicht endlich Wind aufkam, war die Prise nicht zu halten, denn die Enterung der Vengeur war in Le Havre nicht unbemerkt geblieben. Inzwischen waren die Geschützbatterien der gesamten Flussmündung alarmiert. Glücklicherweise war es wenigstens so dunkel, dass man den Lugger, der sich inzwischen in der Mitte des Stroms befand, vom Ufer aus nicht sehen konnte.

Während die Bootsbesatzungen wie um ihr Leben pullten, blieb man an Bord der Vengeur nicht untätig. Man hatte eine der Kanonen aus ihrer Lafette gehoben und mit dem Ankertau verbunden, um sie als Behelfsanker zu nutzen. Leider fand dieser Behelfsanker keinen Halt.

Durch das ständige Rudern wurde die Entermannschaft der Diamond bis an ihre Grenzen belastet. Ablösungen waren kaum möglich. So verging die Nacht, bis die Tide endlich wieder wechselte. Doch zu diesem Zeitpunkt befand sich die Vengeur bereits drei Meilen flussaufwärts von Le Havre. Bald würde die Dämmerung einsetzen und die Vengeur wäre ein leichtes Ziel für die Küstenbatterien.

Sir Sidney Smith rief die Boote längsseits und befahl die Männer an Bord der Vengeur. Dann versammelte er die Offiziere um sich, um ihnen die Lage zu erläutern und seinen Plan zu entwickeln.

»Gentlemen, uns allen ist klar, dass wir uns in einer äußerst prekären Lage befinden. Die Fahrt flussabwärts wird ein einziger Spießrutenlauf für uns. Die einzige Hoffnung, die uns bleibt, wäre aufkommender Wind, damit wir die Vengeur segeln können. Aber auch dann brauchen wir die Unterstützung durch die Diamond, denn alle Kriegsschiffe, die in Le Havre liegen, werden uns jagen.«

»Und wenn wir die Vengeur aufgeben und uns mit den Booten zur Diamond durchschlagen?« fragte Leutnant Sandsbury.

»Ich habe nicht die Absicht, ein Schiff, auf dem einmal unsere Flagge gehisst wurde, wieder kampflos preiszugeben«, entgegnete Sir Sidney Smith, »Deshalb habe ich beschlossen, auf der Vengeur zu bleiben und eventuelle Angriffe der Franzosen abzuwehren. Zugleich muss die Diamond Kenntnis von unserer Lage erhalten, damit sie in das Gefecht eingreifen kann. Leutnant du Valle, sie kehren mit den beiden Kuttern zur Diamond zurück. Zuvor lassen sie die Gefangenen am Südufer bei Honfleur an Land. So ist zumindest ausgeschlossen, dass sie in die Kämpfe um die Vengeur eingreifen können.«

Nachdem die Gefangenen ihr Ehrenwort gegeben hatten, nicht in die Kampfhandlungen einzugreifen, wurden sie in die beiden Kutter verteilt. Sie mussten rudern, um gar nicht erst in die Versuchung zu geraten, wortbrüchig zu werden. Bevor die Kutter von der Vengeur ablegten, schrieb Sir Sidney Smith noch Befehle für Leutnant Pearson und einen Bericht für die Admiralität.

Dann gab er Henry du Valle zum Abschied die Hand. »Leben sie wohl, Leutnant. Ich hoffe, wir sehen uns bald wieder, aber Gott allein weiß, ob er uns Wind senden wird.«

Die Kutter legten ab und die Vengeur verschwand langsam hinter ihnen. Der neue Tag sandte zwar bereits seinen ersten Vorboten als Lichtstreif am Horizont, aber noch war es dunkel. Die Kutter hielten sich in der Flussmitte. Mit der einsetzenden Ebbe kamen sie gut voran und bald erweiterte sich der Fluss zu einem immer breiter werdenden Trichter. Sie hatten die Flussmündung erreicht. Jetzt brach der neue Tag mit Macht an. An Steuerbord konnte Henry du Valle den gestrigen Ankerplatz der Vengeur erkennen. Dahinter nahm er Bewegungen wahr.

Mehrere Kanonenboote strebten offensichtlich stromaufwärts.

An Backbord passierten die beiden Kutter Honfleur, eine kleine, etwas verschlafene Hafenstadt. Drei Kabellängen hinter Honfleur lag ein breiter Strand. Dort wollte Henry du Valle die Gefangenen absetzen, denn es gab dort keine Küstenbatterie, die ihnen gefährlich werden konnte. Trotzdem blieb er vorsichtig. Die im Bug der Kutter befindlichen Marineinfanteristen hielten ihre Musketen schussbereit und beobachteten den Strand.

Als die Kiele der Boote knirschend in den Kies des Strandes glitten, sprangen die Marineinfanteristen an Land und bildeten zur Absicherung eine Schützenlinie. Alles blieb ruhig. Henry du Valle forderte die Gefangenen auf, an Land zu gehen. Diese kletterten aus den Kuttern und trotteten am Ufer entlang in Richtung Honfleur. Die Kutter legten vom Strand ab, wendeten und nahmen nun Kurs auf die vermutete Position der Diamond. Es war noch immer windstill.

Nach einem halbstündigen Pull kam die Diamond in Sicht. Sie hatte zwei Anker ausgebracht und lag so vom Tidenstrom unbehelligt noch immer an ihrer alten Position. Der Ausguck auf dem Fockmast hatte die Kutter rechtzeitig entdeckt und so stand Leutnant Pearson bereits wartend an der Reling, als die beiden Kutter längsseits kamen.

Henry du Valle kletterte rasch an Bord und übergab Leutnant Pearson salutierend die Briefe von Sir Sidney Smith.

»Ich bringe Befehle von Sir Sidney Smith, Sir.«

»Danke Mr. du Valle, bitte folgen sie mir in die Tageskajüte.«

Die Tageskajüte diente normalerweise als Büro für den Kommandanten und seinen Schreiber. Jetzt nutzte Leutnant Pearson sie für die Tagesgeschäfte als amtierender Kommandant. Nachdem er die Befehle gelesen hatte, ließ er die Anker lichten und die beiden Kutter mit frischen Männern besetzen, so dass die Diamond langsam in die Seinemündung hineinfuhr.

Unterdessen besprachen Leutnant Pearson und Henry du Valle in der Tageskajüte die Lage. Beide waren sich einig, dass Sir Sidney Smith mit seinem Befehl, nur bei Wind mit der Diamond einzugreifen, vollkommen Recht hatte.

»Wenn wir uns lediglich den Strom hinaufschleppen lassen, sind wir wie lahme Enten auf dem Präsentierteller. Selbst unter Segeln wird es ein harter Ritt, aber dann kann uns die Vengeur ja auch entgegenkommen«, sagte Leutnant Pearson.

Da klopfte es an der Tür. Es war der kleine Angus McFail. »Sir, mit besten Empfehlungen von Mr. Wilkie, wir hören flussaufwärts Kanonendonner.«

Der Kampf um die Vengeur hatte begonnen.

## 22

Während Henry du Valle auf dem Weg zurück zur Diamond war, bereitete Sir Sidney Smith die Verteidigung der Vengeur vor. Zugleich versuchte er weiterhin, die Flussmündung zu erreichen, indem die Schaluppe noch immer den Lugger schleppte, so dass sie trotz des fehlenden Windes etwas schneller als die Strömung unterwegs waren.

Da bei der herrschenden Flaute neben dem Beschuss durch die Landbatterien vor allem mit Bootsangriffen gerechnet werden musste, wurden alle Kanonen und die Karronade der Schaluppe mit gehacktem Blei geladen. Außerdem ließ Sir Sidney Smith sämtliche Musketen sammeln und laden. Das würde den an Bord verbliebenen Marineinfanteristen zunächst eine höhere Schussfolge ermöglichen. Mit ein wenig Glück konnte das die Angreifer sogar in die Flucht schlagen.

Der Tag brach an und mit ihm kamen die Franzosen. Aus Richtung Le Havre wurden vier Kanonenboote flussaufwärts gerudert, während aus Rouen weitere Boote die Seine hinabkamen. Gegen die aufgehende Sonne ließ sich ihre genaue Zahl zunächst nicht ermitteln.

Zuerst kamen die Kanonenboote aus Le Havre auf Schussweite heran. Nacheinander hörte man das dumpfe Aufbellen ihrer Kanonen. Ihre Schüsse lagen zu kurz und ließen Fontänen schmutzig braunen Wassers vor der Schaluppe aufsteigen.

»Vierundzwanzigpfünder«, stellte Sir Sidney Smith nüchtern fest. Dann rief er Mr. Wright in der Schaluppe zu: »Warten sie mit dem Schuss, bis sie einen sicheren Treffer erzielen können.« Mr. Wright hob zum Zeichen, dass er verstanden hatte, die Hand.

Nun konnte man auch die flussabwärts fahrenden Boote besser erkennen. Es waren drei Barkassen, die mit Soldaten vollgestopft waren. Sie trugen aber keine Geschützbewaffnung, so dass von ihnen im Moment noch keine Gefahr ausging. Sir Sidney Smith ließ die Vengeur leicht nach Backbord steuern, so dass ihre Steuerbordbatterie gegen die Kanonenboote eingesetzt werden konnte.

Die Kanonenboote schossen erneut. Ihr Feuer konzentrierte sich auf die Schaluppe. Eine Kugel traf die Karronade und warf sie um. Zwei Seeleute wurden unter ihr eingequetscht, konnten aber rasch geborgen werden. Aber die Schaluppe war außer Gefecht gesetzt und fiel vorerst auch als Hilfsantrieb für die Vengeur aus.

Doch nun kam endlich etwas Wind auf, auch wenn er aus Richtung der Flussmündung wehte. Sir Sidney Smith ließ sofort die Luggersegel setzen. Endlich konnte er mit der Vengeur manövrieren.

Kurz bevor die Kanonenboote ihre dritte Salve abfeuern konnten, eröffnete die Steuerbordbatterie der Vengeur das Feuer. Die Breitseite traf sämtliche Kanonenboote, die unter lauten Schmerzensschreien ihrer Besatzungen sofort abdrehten und in Richtung des Nordufers flohen. Zugleich registrierte Sir Sidney Smith, dass sich die drei Barkassen nun deutlich zurückhielten und den Abstand zur Vengeur wieder größer werden ließen.

Mr. Wright kam mit der Schaluppe längsseits. Die Verwundeten wurden an Bord der Vengeur gegeben, dann verließen auch die Unverletzten die Schaluppe, die nun in Schlepp genommen wurde.

Obwohl die Lage nun deutlich günstiger erschien, war allen klar, dass sie noch immer die Festungswerke von Le Havre zu passieren hatten. Sir Sidney Smith machte sich im Bezug auf ihre Chance zu Entkommen keine Illusionen, selbst wenn die Diamond eingreifen könnte.

Um den Wind nutzen zu können, musste die Vengeur kreuzen und das machte es erforderlich, den Fluss in seiner ganzen Breite auszunutzen. Damit geriet sie immer wieder von den Ufern unter Gewehrfeuer. Einige Seeleute hatten bereits Schussverletzungen erlitten.

Dann feuerten die Kanonen. Die meisten Kanonenkugeln landeten erst hinter der Vengeur im Wasser. Offensichtlich wollte man eine Versenkung des Luggers vermeiden, ihn nur manövrierunfähig schießen.

Die Vengeur konnte sich gegen den Beschuss nicht zur Wehr setzen, weil sich die Batterien weit außerhalb der Schussweite ihrer Dreipfünder befanden. Eine Kugel traf schließlich den vorderen Mast. Krachend fiel er ins Wasser, wurde aber noch von zahlreichen Tauen gehalten, die nun eiligst gekappt werden mussten.

Ein Bootsmannsmaat errichtete mit seinen Männern aus einer Ersatzspiere einen kleinen Hilfsmast, um so die Manövrierfähigkeit der Vengeur einigermaßen zu erhalten. Dieser Mast wurde von der nächsten Geschützsalve in Kleinholz verwandelt. Dann traf eine Kettenkugel die

Spitze des hinteren Mastes und das Segel begrub die Männer auf dem Achterdeck unter sich.

Fieberhaft wurde versucht, das Segel wieder zu setzen. Doch es war zu spät, die Vengeur lief am Nordufer auf. Sir Sidney Smith sah ein, dass der Lugger für ihn verloren war. Jetzt ging es nur noch darum, einer Gefangennahme zu entkommen.

»In die Schaluppe!« rief er. Die Männer nahmen sämtliche Musketen auf und kletterten in die Schaluppe. Die völlig demolierte Karronade wurde über Bord geworfen. Als auch die Verwundeten in der Schaluppe waren, verließ Sir Sidney Smith als letzter die Vengeur.

Die Schaluppe stieß ab, ihre beiden Masten wurden aufgerichtet und sie segelte zunächst in Richtung Süd-ufer. Das Feuer der Geschützbatterien wurde weiter aufrechterhalten, doch die vergleichsweise kleine und wendige Schaluppe war ein schwieriges Ziel.

Dann kam eine neue Flottille von Kanonenbooten aus dem Hafen von Le Havre heraus. Sie waren fast ebenso wendig wie die Schaluppe. Sie bildeten eine breite Auffanglinie, während die Barkassen aus Rouen die Schaluppe vor sich hertrieben. Inzwischen waren auch die vier Kanonenboote wieder flott und hatten vom Ufer abgestoßen. Der Ring um die Schaluppe wurde immer enger und Sir Sidney Smith musste einsehen, dass sie in der Falle saßen.

Nun ging es nur noch um die Sicherheit seiner Männer. Er befahl, die Musketen und alle anderen Waffen über Bord zu werfen. Dann hoben sie die Hände und warteten auf ihre Gefangennahme. Ein Kanonenboot schor heran, zwei Seeleute sprangen herüber und befestigten eine Schleppleine. Dann ruderte die stolze Flottille zurück nach Le Havre.

Als sie sich der Hafeneinfahrt näherten, sah Sir Sidney Smith ein fernes Schiff unter vollen Segeln aus Richtung Honfleur kommen. Es war die Diamond, die nicht mehr eingreifen konnte und so nur noch Zeuge seiner Gefangennahme wurde.

## 23

Als endlich Wind aufkam, ließ Leutnant Pearson alle Segel setzen. Doch der Wind war nicht stark genug, um das Schiff so schnell voranzutreiben, wie sich das alle an Bord wünschten. Die Bugwelle der Diamond sah eher bescheiden aus. Trotzdem musste nicht mehr geschleppt werden und die Kutter konnten an Bord geholt werden. Während der gesamten Zeit war in der Ferne Geschützdonner zu hören. Schließlich kam in der Ferne Le Havre in Sicht.

»An Deck, Kanonenboote verlassen den Hafen und laufen stromaufwärts«, meldete der Ausguck vom Fockmast.

Bald darauf hörte der ferne Donner auf. Dann waren die Kanonenboote auch von Deck aus zu erkennen, wie sie in den Hafen zurückkehrten. Durch das Fernrohr konnte Henry du Valle auch die Schaluppe der Diamond erkennen, doch ihre Insassen blieben nur Schemen.

»Sir, ich fürchte, man hat unsere Männer gefangengenommen«, meldete er Leutnant Pearson.

»Können sie erkennen, ob Sir Sidney Smith und die anderen Offiziere wohlauf sind?« fragte dieser. »

Leider nein, Sir«, antwortete Henry du Valle.

Wenig später konnte man von der Diamond aus beobachten, wie die Vengeur von zwei Kanonenbooten nach Le Havre geschleppt wurde.

Leutnant Pearson, dem klar war, dass ein weiteres Eingreifen selbstmörderisch war und mit dem Verlust der

Diamond enden würde, ließ beidrehen. Dann bat er Henry du Valle in die Tageskajüte, um mit ihm das weitere Vorgehen zu erörtern.

»Um es vorweg zu nehmen, Mr. du Valle, ich habe nicht die Absicht, einen Kriegsrat abzuhalten«, begann er, »Trotzdem möchte ich gern ihre Meinung hören, was die gegenwärtige Lage betrifft.«

»Nun, Sir, ganz offensichtlich haben die Franzosen die Vengeur zurückerobert und unser Enterkommando gefangengenommen. Ein erneuter Versuch, die Vengeur zu erobern dürfte unmöglich sein, da sie das Schiff jetzt in den inneren Hafen verlegt haben.«

»Das sehe ich auch so. Allerdings können wir auch nicht einfach nach Portsmouth zurückkehren und dem Admiral melden, dass wir unseren Kommandanten verloren haben. Noch besteht immerhin die Möglichkeit, dass sich einzelne Männer der Gefangennahme entziehen konnten und auf unsere Hilfe warten.«

»Sir, darf ich vorschlagen, dass wir uns Gewissheit verschaffen?«

»Wie stellen sie sich das vor, Mr. du Valle?«

»Wie sie wissen, Sir, spreche ich Französisch. Ich könnte mich unter Parlamentärflagge nach Le Havre rudern lassen und mich dort beim Hafenkommandanten nach unseren Männern erkundigen.«

»Und sie glauben, die Franzosen erteilen ihnen die gewünschte Auskunft?«

»Wenn ich an einen wütenden Revolutionär gerate, dann sicherlich nicht, wenn ich jedoch einen Offizier aus humanitären Gründen um Auskunft über unsere Kameraden ersuche, wird er mir das kaum abschlagen können.«

Leutnant Pearson ließ die Jolle aussetzen. Der Segelmacher fertigte eine große weiße Fahne an, die am Mast befestigt wurde. In der Zwischenzeit näherte sich die Diamond dem Hafen so weit, dass sie notfalls Feuerschutz geben konnte, falls man die weiße Fahne nicht akzeptieren sollte. Dann ging Henry du Valle an Bord der Jolle und ließ sich zum Hafen rudern.

Aus dem Hafen kam ihm ein Kanonenboot entgegen. Auf halbem Wege zwischen der Diamond und der Mole ließ Henry du Valle beidrehen, um das Kanonenboot zu erwarten. Die Kanone im Bug war demonstrativ abgedeckt. Offenbar hatte die weiße Flagge die gewünschte Wirkung. Neben der Kanone stand ein Offizier.

»Lieutenant de Vaisseau Chirossel, was wünschen sie Monsieur?« fragte der Offizier in sehr gutem Englisch. »Diensttuender Leutnant du Valle von seiner Majestät Schiff Diamond. Es gab heute früh ein Gefecht auf der Seine und ich möchte mich nach dem Schicksal meiner Kameraden erkundigen«, antwortete Henry du Valle ebenfalls auf Englisch.

Da er sich in dieser Sprache verständigen konnte, war es vielleicht kein Nachteil, seine Französischkenntnisse zu verschweigen.

»Was will er?« fragte eine Stimme aus dem Boot. Henry du Valle konnte den Sprecher nicht sehen. Lieutenant Chirossel wandte sich ins Boot um und antwortete: »Er macht sich Sorgen um seine Kameraden.« Bei den Ruderern des Kanonenbootes rief das Heiterkeit hervor. »Fragen sie ihn, warum er das wissen möchte«, sagte die Stimme.

»Warum möchten sie wissen, was mit ihren Kameraden ist?«

»Die Männer, die in der Nacht versucht haben, die Vengeur zu erobern, sind nicht zurückgekehrt. Wir möchten wissen, wie es ihnen geht, ob sie leben.«

Leutnant Chirossel übersetzte die Antwort. »Er soll hier warten, wir bringen ihm eine Liste der Gefangenen und Toten«, sagte die Stimme. Nachdem auch diese Anweisung übersetzt war, kehrte das Kanonenboot in den Hafen zurück.

Henry du Valle musste nicht lange warten. Nach weniger als einer halben Stunde kam das Kanonenboot zurück. Leutnant Chirossel übergab eine Namensliste, an deren Spitze Sir Sidney Smith, Leutnant Sandsbury und Mr. Wright standen. Ganz unten waren vier Tote aufgeführt, darunter ein Kadett, den Henry du Valle in den wenigen Tagen kaum kennengelernt hatte. Henry du Valle bedankte sich und fragte dann: »Besteht eventuell die Möglichkeit, die Gefangenen auf Ehrenwort bis zu einem möglichen Austausch freizulassen?«

»Monsieur, seien sie dankbar, dass die Geheimpolizei zumindest dieser Liste zugestimmt hat. Für alle unbescholtenen Gefangenen wird es zu gegebener Zeit einen Austausch geben. Bei Captain Smith und seinem Sekretär liegen die Dinge vollkommen anders. Man wird sie nach Paris bringen, wo ihnen der Prozess wegen Piraterie und Spionage gemacht wird.«

Damit war das Gespräch beendet und das Kanonenboot kehrte nach Le Havre zurück. Henry du Valle ließ sich zurück zur Diamond rudern.

Leutnant Pearson war ebenso wie Henry du Valle von den Vorwürfen gegen Sir Sidney Smith überrascht.

»Er ist doch kein Pirat oder Spion!« rief Leutnant Pearson.

»Offenbar hat die Franzosen der Angriff auf Port Herquy stärker getroffen, als wir dachten«, mutmaßte Henry du Valle, »Aber was wollen sie? Das war eine ganz normale Aktion im Krieg zwischen England und Frankreich.«

»Wir werden sicherlich nicht erraten, was sich die Franzosen dabei gedacht haben«, sagte Leutnant Pearson, »Uns bleibt nur noch die Rückkehr nach Portsmouth, damit man in England erfährt, was hier geschehen ist.«

## 24

Auf dem Weg nach Portmouth mussten natürlich zuerst die Saint-Marcouf Inseln angesteuert werden, um die dortige Garnison über die Gefangennahme Sir Sidney Smiths zu informieren. Immerhin war er der Oberbefehlshaber der Inseln und man wollte ausschließen, dass gefälschte Befehle die Verteidigung dieses wichtigen Stützpunkts schwächten. Leutnant Pearson hielt den Zwischenstopp aber so kurz wie möglich. Mit dem Hinweis auf die Wichtigkeit der Nachricht wurde auch eine Einladung durch Leutnant Price ausgeschlagen, der die verbliebenen Offiziere der Diamond zu einem Umtrunk bitten wollte.

Kurz vor der Küste der Halbinsel Cotentin kam ein Lugger in Sicht, der jedoch sofort wendete und sich unter die Küstenbatterien flüchtete. Vermutlich kam er aus dem kleinen Hafen Barfleur, der nicht von der Royal Navy blockiert wurde. Leutnant Pearson wollte an der gefährlichen Küste mit ihren vielen Untiefen kein Risiko eingehen und ließ ihn ziehen. Kurz darauf verließ die Diamond die Seinebucht und erreichte den Kanal.

Im Kanal traf die Diamond auf den Kutter Marten, der wieder einmal Depeschen von Portsmouth zu den Kanalinseln brachte. Leutnant Pearson ließ signalisieren »habe Depeschen für sie«, um den Kutter zum Beidrehen zu bewegen, denn Kurierschiffe hatten ansonsten Befehl, sich nicht von anderen Schiffen aufhalten zu lassen.

Henry du Valle stand an der Reling, während Leutnant Pearson unter Deck eine kurze Depesche an Philippe d'Auvergne schrieb. »Marten ahoi!« rief er und winkte dem auf dem Achterdeck stehenden Leutnant Moore zu. Leutnant Moore erkannte ihn und winkte zurück. »Hallo Mr. du Valle, ich gratuliere zur Beförderung. Leider habe ich nicht die Zeit, mir von ihnen berichten zu lassen, wie es dazu gekommen ist und was sie auf Sir Sidney Smiths Fregatte machen.«

»Leider ist Sir Sidney Smith nicht mehr an Bord. Die Franzosen haben ihn bei Le Havre gefangen genommen. Unser amtierender Kommandant ist Leutnant Pearson. Er schreibt gerade eine entsprechende Nachricht an Kommodore d'Auvergne.«

Leutnant Pearson kam mit der in Ölpapier eingeschlagene Depesche an Deck. Sie wurde an die Marten übergeben, indem Mr. Johnson, der Bootsmann der Marten einen Bootshaken an die Reling der Diamond hielt an dem die Nachricht befestigt wurde. Dann trennten sich die beiden Schiffe wieder und bald war die Marten am Horizont verschwunden. Henry du Valle bedauerte, dass keine Zeit geblieben war, Leutnant Moore von seinen Erlebnissen seit der gemeinsamen Überfahrt nach Guernsey und Jersey zu berichten.

Nach dem Treffen mit dem Kutter Marten wurde der Schiffsverkehr deutlich dichter. Es waren vor allem Handelsschiffe, die auf dem Weg zur Downs Reede[33] waren, um sich dort dem großen Ostseekonvoi anzuschließen. Aber auch ein dänischer Konvoi aus Westindien kreuzte, eskortiert von einer Fregatte, ihren

---

[33] Großer Liegeplatz im Schutz einer Sandbankvor der Küste von Kent

Weg. Der übliche Salut wurde ausgetauscht, dann ging es weiter in Richtung Portsmouth. Dänemark war neutral, weshalb man es bei den Höflichkeiten beließ, obwohl so ein Westindienfahrer eine lohnende Prise war. Und hier fuhr ein ganzer Konvoi.

Schließlich kam die Isle of Wight in Sicht und die Diamond fuhr in den Solent hinein. Die Reede von St. Helens war gut gefüllt mit Ostindienfahrern und Kriegsschiffen, die sie zumindest bis Gibraltar eskortieren würden. Dann kam Spithead in Sicht und damit auch die alte Royal William, eine Veteranin aus dem letzten Jahrhundert, die nun als Wachschiff und Flaggschiff von Admiral Sir Peter Parker, dem Oberbefehlshaber in Portsmouth, Dienst tat. Doch die fehlende Flagge im Großtopp zeigte, dass sich Sir Peter Parker nicht an Bord befand, sondern seinen deutlich komfortableren Amtssitz in Portsmouth vorzog.

Die Royal William signalisierte der Diamond den ihr zugewiesenen Liegeplatz. Sobald die Ankerkette der Diamond gefallen war, signalisierte die Royal William »Kommandant an Bord kommen«. Leutnant Pearson hatte den Befehl erwartet und die Jolle war bereits zu Wasser gelassen worden, so dass man auf der Royal William keinen Anlass finden konnte, ein größeres Tempo anzumahnen.

Captain Francis Pickmore, Sir Peter Parkers Flaggkapitän, erwartete ihn an der Reling.

»Leutnant Richard Pearson, erster Leutnant der Diamond und gegenwärtig ihr diensttuender Kommandant«, stellte sich Leutnant Pearson vor.

»Ihr diensttuender Kommandant, also…«, sagte Captain Pickmore, »Dann haben sie sicherlich viel zu berichten. Folgen sie mir Mr. Pearson.«

In seiner Kajüte nahm Captain Pickmore die offiziellen Berichte entgegen, ohne sie jedoch zu lesen. Stattdessen bat er Leutnant Pearson um einen mündlichen Bericht, während beide eine Flasche Bordeaux leerten. Als Leutnant Pearson seinen Bericht beendet hatte, meinte Captain Pickmore: »Da hat der arme Captain Smith verteufeltes Pech gehabt. Ich bin mir sicher, Leutnant Pearson, dass sich Sir Peter Parker ebenfalls aus erster Hand über den Vorfall informieren möchte. Wundern sie sich also nicht, wenn sie die entsprechende Einladung erhalten.«

Damit war das Gespräch beendet und Leutnant Pearson kehrte auf die Diamond zurück. Bereits wenige Stunden später brachte Flaggleutnant Trollope eine Nachricht vom Admiral. Beide verbliebenen Offiziere der Diamond wurden für den nächsten Tag in seine Residenz eingeladen.

## 25

Der Morgen brach an und die beiden Offiziere ließen sich mit der Jolle nach Portsmouth rudern. Wieder einmal war es windstill, so dass die Jolle nicht gesegelt werden konnte. Trotzdem dauerte es nicht lange, bis sie bei Sally Port an Land gehen konnten. Sie durchquerten das berühmte Tor in der Stadtbefestigung und gingen die High Street hinauf. Über der Residenz des Oberbefehlshabers in Portsmouth wehte das White Ensign, die Flagge eines Admirals des weißen Geschwaders. Vor dem Haus stand ein Doppelposten Marineinfanteristen, die den Zugang überwachten.

Leutnant Pearson und Henry du Valle wiesen das Schreiben des Admirals vor und wurden eingelassen. Der Eingang mündete in einen langen Flur. Links befanden sich massive Holztüren, durch die man die verschiedenen Büros betreten konnte, auf der rechten Seite lagen die Wartebereiche. Henry du Valle fühlte sich hier an eine Miniaturausgabe der Admiralität in London erinnert.

Da er erst vor einigen Monaten bei Sir Peter Parker vorgesprochen hatte, kannte er sich aus. So führte er Leutnant Pearson ohne fremde Hilfe vor die Tür von Sir Peter Parkers Arbeitszimmer. Hier meldeten sie sich bei einem Sekretär an, der die Tür, an einem hohen Schreibpult stehend, bewachte.

»Bitte nehmen sie Platz«, sagte der Sekretär, auf ein paar Bänke gegenüber der Tür weisend, »Sir Peter kommt gleich.«

Leutnant Pearson und Henry du Valle dankten und nahmen Platz. Sie waren nicht die einzigen Besucher, die Sir Peter Parker an diesem Morgen empfangen wollte, weshalb sie sich auf eine längere Wartezeit einrichteten.

Wenig später kam Sir Peter Parker in seiner Admiralsuniform, aber mit Filzpantoffeln, den Gang entlang geschlürft. Trotz seines hohen Alters war er noch immer eine stattliche Erscheinung, hatte aber durch die langen Jahre als kommandierender Admiral, erst auf Jamaika und dann in Portsmouth etwas angesetzt. Ohne seine Uniform hätte man ihn für einen fröhlichen Großvater halten können, doch wer ihn kannte, wusste auch, dass er wie ein Löwe kämpfen konnte. Allerdings war er mit zunehmendem Alter milder geworden, wobei Spötter meinten, dies hätte vor allem mit dem riesigen Vermögen an Prisengeld aus seiner Zeit als Kommandierender Admiral der Jamaikastation zu tun.

Bevor er in seinem Büro verschwand, drehte er sich um und ließ seinen Blick über die Wartenden schweifen. Diese hatten sich bereits bei seiner Annäherung erhoben, jetzt nahmen sie Haltung an.

Als sein Blick auf Henry du Valle fiel, hellte sich seine Miene noch weiter auf und er rief: »Ah, Mr. du Valle, wann immer ich sie sehe, sehe ich ihren Vater vor mir. Damals auf der Bristol war er auch so ein junger Dachs.«

»Guten Tag, Sir Peter«, antwortete Henry du Valle, »Darf ich ihnen Leutnant Richard Pearson von der Diamond vorstellen.«

»Richard Pearson? Ich glaube ich kenne ihren Vater. Er ist jetzt in Greenwich Hospital, ein guter Mann[34].«

»Sie sind zu gütig, Sir Peter«, antwortete Leutnant Pearson.

»Und Sie sind der Mann, den ich jetzt sprechen möchte. Bitte folgen sie mir in mein Büro.«

Henry du Valle blieb mit den anderen Wartenden zurück. Der Admiral war gutgelaunt. Die Affäre um Sir Sidney Smiths Gefangennahme schien ihn also nicht weiter zu beunruhigen. Trotzdem verging die Zeit quälend langsam. Ab und zu hörte man Gelächter aus dem Arbeitszimmer dringen. Dann war es wieder längere Zeit ruhig. Offenbar hatte auch Leutnant Pearsons Bericht die Laune Sir Peter Parkers nicht getrübt.

Endlich öffnete sich die Tür und Leutnant Pearson trat mit einem strahlenden Gesicht heraus. Noch bevor er sprechen konnte, sagte der Sekretär: »Sir Peter erwartet sie jetzt, Mr. du Valle. Und sie folgen mir bitte, Commander Pearson. Es sind noch einige Formalitäten zu erledigen.«

Commander Pearson? Hatte sich der Sekretär versprochen? Henry du Valle hatte keine Zeit, weiter darüber nachzudenken, denn er betrat das riesige Arbeitszimmer des Admirals. Die Wände waren holzgetäfelt. An der Stirnseite stand ein großer Schreibtisch, hinter dem ein großes Gemälde von

---

[34] Sir Richard Pearson (1731 – 1806) war Kommandant der Serapis, die im Gefecht bei Flamborough Head der amerikanischen Bonhomme Richard unter John Paul Jones unterlag.

Pocock[35] prangte, welches die Eroberung von Long Island durch Sir Peter Parkers Geschwader zeigte. Gegenüber dem Schreibtisch befand sich ein Kamin, vor dem zwei große Ledersessel standen.

Das Kaminfeuer brannte und Sir Peter Parker wärmte sich gerade die Hände daran. Dann drehte er sich um und sagte: »Da sind sie ja, Mr. du Valle. Kommen sie her, wir setzen uns an den Kamin. Ich beginne den Tag gern mir angenehmen Dingen. Das stimmt mich milder für das, was dann kommt.« Henry du Valle nahm Platz. »Wie geht es ihrem Vater?« fragte Sir Peter Parker. »Danke, es geht ihm gut.«

»Das freut mich, zu hören, aber bei den Erfolgen seiner Kaperschiffe ist das ja auch kein Wunder«, lachte der Admiral und Henry du Valle lachte pflichtschuldigst mit. »Ja, ihr Vater, ich habe immer bedauert, dass er die Navy so früh verlassen hat. Er hat damals das Geschäft ihres Großvaters übernehmen müssen, nicht wahr?«

»Ja, Sir Peter, aber die See hat ihn nicht losgelassen, also baute er die Reederei auf.«

»Trotzdem schade, er könnte inzwischen Admiral sein. Aber nun zu ihnen Mr. du Valle. Alle Berichte über sie klingen sehr günstig. Dieses Husarenstück mit der Marten war ja tolles Ding. Die Zeitungen waren voll davon, weil die anderen Nachrichten vom Krieg nicht so gut klangen. Leutnant Moore musste mir davon erzählen. Das war wirklich ganz famos.«

---

[35] Nicholas Pocock (1740 – 1821) englischer Marinemaler

»Danke Sir, aber es war kein Kunststück, immerhin waren wir ja in meinem Heimatgewässer.«

»Das kann schon sein, aber euch Männern von Guernsey liegt die Seefahrt auch im Blut. Ich hätte sie zu gern zu Saumarez auf die Orion gesteckt, aber leider schuldete ich General Aubrey noch einen Gefallen. Er brauchte ein Schiff für seinen Sohn. Der ist ebenso ein Heißsporn wie sein Vater, hat mit allen Ärger. Tja, mit der Orion klappt es leider nicht, aber ich habe ein anderes Schiff für sie.«

»Danke, Sir.« »Danken sie mir nicht, bevor sie wissen, worum es sich handelt.«

»Um welches Schiff handelt es sich denn, Sir?«

»Nun, Mr. du Valle, sie mögen ja kleine Schiffe", sagte Sir Peter Parker, »Was halten sie von Kanonenbriggs?« »Sie meinen diese neuen Briggs mit zehn Karronaden und zwei Jagdgeschützen, Sir?«

»Genau diese meine ich.«

»Aber haben diese Kanonenbriggs nicht nur einen Offizier an Bord?« fragte Henry du Valle mit einem Anflug von Enttäuschung. Er hatte sich von diesem Gespräch eigentlich die Bestätigung seiner Ernennung zum Leutnant erhofft.

»Richtig, Mr. du Valle, sie werden von einem Leutnant kommandiert, aber ich glaube, sie schaffen das.«

Henry du Valle war wie vom Donner gerührt. Sir Peter Parker, ganz der freundliche Großvater, lächelte und sagte: »Ich gebe ihnen eine von den augenblicklich in Bau befindlichen Kanonenbriggs. Auch, wenn sie nur von einem Leutnant kommandiert werden, so erfordern sie doch ein gerütteltes Maß an Seemannschaft, wie die ersten Erfahrungen zeigen, doch wem soll ich so eine Brigg anvertrauen, wenn nicht ihnen, Leutnant Henry du Valle.«

Ende

# Nachwort

Obwohl der Held der vorliegenden Geschichte ein Kind meiner Phantasie ist, haben sich die von mir geschilderten Ereignisse so oder so ähnlich ereignet. Auch die namentlich erwähnten Schiffe hat es mit Ausnahme des Kutters Marten gegeben und sie waren an den von mir erzählten Ereignissen beteiligt.

So war Philippe d'Auvergne, der durch Adoption zum Prinzen von Buillon wurde, tatsächlich ein erfolgreicher Marineoffizier, der auch durch seine geheimdienstliche Tätigkeit bekannt wurde. Trotz seines französischen Namens war er der Sprössling einer alteingesessenen Familie auf Jersey.

Sir Sidney Smith war eine überaus schillernde Persönlichkeit. Einerseits war er ein sehr fähiger Marineoffizier, andererseits wurde er immer wieder von einem überzogenen Geltungsdrang angetrieben, weshalb er manchmal auch etwas belächelt wurde. So nannte man ihn etwas despektierlich den "schwedischen Ritter", weil sein Adelstitel auf einen vom schwedischen König verliehenen Orden zurückging und er davon in Großbritannien nur durch Genehmigung von König George III Gebrauch machen durfte. Doch trotz aller Eitelkeit betrachtete ihn Napoleon Bonaparte im Rückblick als seinen gefährlichsten Gegner. Seine, in diesem Buch geschilderte, Gefangennahme erregte großes Aufsehen, aber noch spektakulärer war seine erfolgreiche Flucht aus dem Pariser Temple. Viele Schriftsteller haben sich davon inspirieren lassen, darunter solche Größen der maritimen Literatur wie C. S. Forester und Patrick O'Brian.

Aber auch die weniger prominenten Offiziere, die auf der Aristocrate, der Liberty, der Diamond und anderen historisch überlieferten Schiffen ihren Dienst taten, haben tatsächlich gelebt und waren an den von mir geschilderten Ereignissen beteiligt. Ihre Namen haben ich Steel´s Navy List, Berichten des London Chronicle und den Biografien der beteiligten Schiffe entnommen.

Wie bereits erwähnt, hat es lediglich den Kutter Marten nie gegeben, aber sein Abenteuer ist von einer ähnlich gelagerten Episode aus dem Leben von James de Saumarez inspiriert worden, der zu Recht als größter Seeheld in der Geschichte von Guernsey gilt.

Abschließend bleibt mir die Hoffnung auf eine günstige Aufnahme des vorliegenden Buchs, zu dem es in den nächsten Jahren unter Umständen eine Fortsetzung geben wird.

Mirco Graetz